温暖的消息

韩松 著

花山文艺出版社
河北·石家庄

图书在版编目（CIP）数据

温暖的消息 / 韩松著. --石家庄:花山文艺出版社，2022.7

ISBN 978-7-5511-6139-8

Ⅰ. ①温… Ⅱ. ①韩… Ⅲ. ①散文集－中国－当代 Ⅳ. ①I267

中国版本图书馆CIP数据核字(2022)第060588号

书　　名：温暖的消息
Wennuan De Xiaoxi

著　　者：韩　松

责任编辑：贺　进

责任校对：杨丽英

封面设计：陈　淼

美术编辑：胡彤亮

出版发行：花山文艺出版社（邮政编码：050061）
（河北省石家庄市友谊北大街330号）

销售热线：0311-88643221/34/48

印　　刷：石家庄市西里印刷厂

经　　销：新华书店

开　　本：880mm×1230mm　1/32

印　　张：5.75

字　　数：150千字

版　　次：2022年7月第1版
2022年7月第1次印刷

书　　号：ISBN 978-7-5511-6139-8

定　　价：35.00元

自　序

我正式开始写作的时间，要从学生时代的 2007 年在天涯开博客开始算起。

彼时常常白日读书，深夜更新日志。不得不说，安静生活当能塑造一种沉稳的个性，因可轻易与外界隔离开来而得佐证。

七年前我花了一个下午，将散逸的日志汇集一起。如今，七年过去，新成此册。回望时，我写到的点滴经历，从最初的闲情逸思、浮世葱茏，乃至心意凉薄，渐渐有了对生活与个体生命的理解与省思。它们是些能为人道的经验与故事，关乎一个正在过去的，或已过去了的世界。

哈维尔在写给奥尔嘉的新年寄语中说：“请你坚持信仰，不要失去希望。”对真的执着追求，对善与勇敢的坚持，尝试着理解并付出爱，或是抱持了对世俗生活和其中闪闪发光的美的信任。

眼下的这册小书，期待各位读者的批评，期待热情的鼓励。

献给 Leela

目　录 | Contents

第一辑　安静日常

每一天，都像是新的开始。
那真的是新的开始吗？

咖啡有点儿烫，可以不加糖

咖啡的温度，是很重要的吧？喝咖啡时醇香和悠远的感受，想必每个喝过的朋友，都有体会。那就安安静静听我讲一个关于咖啡的故事吧。

在咖啡馆喝咖啡，要的是闲适惬意，而不是紧张焦躁。有音乐也好，没有也罢，但还是有的好。写作这篇文字时，我还在青岛大学读研究生，校内咖啡馆奥博啡舍的音乐给人安静向上的气息，告诉有些疲倦的心灵，是该休息一下了。

我买了一包咖啡，在很久之前的一天。我拿着它给家里的父母亲泡了一包，很多很多水，一大碗，而咖啡只有一小包。于是又取了两大碗水。因为猜测这也是需要热水冲泡，就将咖啡分了分，一共是三大碗了。想想，出于无知的行为不免让人觉得好笑。我端着这三大碗咖啡水，给妈妈尝了尝，给爸爸尝了尝，给别人尝的时候，已经没有人愿意了。妈妈说它味道不好，不喜欢。爸爸也这么说。其实，他们的年纪，必然是喝过的吧……想到这样的地步，感到些许凉意掠过头顶。我知道了，现在知道了当时为什么就难过了起来。虽然没有掉眼泪，一个十岁左右的少年，终日玩耍又学习的少年，启蒙的一刹那，仿佛就是这个咖啡了。

三年前，以那时的二十四岁的我，猜测一下为什么小时候会不开心呢？

二十四岁，许多人已经结婚了，面对着时间我感到紧迫。事实上自己已不再年轻。虽然我能看到许许多多为了梦想，用梦想包裹自己虚弱内心的人，这些成年人的成熟有的快，有的慢，但都一致地奔向了三十岁，奔向了又一个十年。这个十年是新的人生的开始，也应该是对过去的彻底放下。三年前，我还没有到如今的二十七八岁，仿佛，也确实有值得奋斗得很好的诸多理由。那……韩松，你当初，为什么因为应该是一杯的咖啡变成了三大碗而不开心呢？

我这会儿在咖啡馆里，就想，是啊，为什么？原来，是一种深深的卑贱的压力和生存的迫切需要，它们冲突了吧。

原以为，这样的一包咖啡（记得还是雀巢的）会很好喝，虽然之后发现还有咖啡伴侣，而且那种瓶装的速溶似乎更好。一包咖啡，本就应该冲泡一杯的啊。因为，那样才是最有味道的。爸爸妈妈没有欺骗我，我知道他们怕我弱小的心灵受到伤害，尤其是自幼被冠以自尊心强的孩子，一遇到批评和错误就羞愧赧颜。他们实话实说，不好喝。可又没有告诉我应该怎么冲泡。

是我自己，在后来读到一些书，看到一些电影后发现了自己的愚蠢。爸爸妈妈曾是大学生，一度朴素又不乏时尚，也曾精彩却归于平淡。至今，他俩依然保留很好的生活习惯，可以喝茶养花草，可以开车出去兜风，可以过自己想过的很好的日子。然而，当初并没有一举揭发我的错误。是的，后来的时光里，这样一位少年，竟不知不觉面临了很多争执、不悦，经受了各种分离和一度绝望到想死的磨难，可是，那些又算什么呢？如果我以后可以真诚地面对我的孩子，告诉他什么是正确的，并护佑住他的纯真，我想这样的成熟才是必须的。

咖啡有点儿烫，我想，苦了就加些糖。爸爸说，就是苦的。

原来，咖啡就应该是苦的。我一度只想品尝生活里的甜蜜果实，没想到苦中也有百般滋味，那么绵远悠长。

现在的生活比之过去的日子，多了很多物质，虽然不想区分思想和物质的差异，然而物质的多寡并非显而易见的。过去的我，大概十三岁之前，在形似“均贫富”的生活环境里，没有头脑里的风暴，一切平静得像是一泓清泉。该逛庙会就去逛庙会，该去电子游戏厅录像厅就去那里玩，甚至夜里混迹在城市的大街，不去小巷。我清楚明白地一点儿一点儿剥落自己的优势，发现它们一直都被我处置在否定的边缘，甚至发挥不了丁点儿作用，几近于无。然而那些灼人眼球的缺点，比如肥胖和反应笨拙，比如不谙世事和理想化情结，却都如影随形。忧郁的时刻过去以后，我就急于进入人多的地方，那些熟悉的陌生的人们，让我记得自己曾经来过，曾经活得还算可以。

没有很多物质的时候，玩的也就是不上档次的，却也许是大多数城市孩子玩过的小把戏、小游戏。在这里叙述这些，不是要沉于回忆的泥淖，那些都像刻在风里的话，一吹就散了。

我知道为什么这样了。那个午后，我在给家人喝了我的咖啡后，一个人在操场，一动不动，这个操场的野狗远远地看着我，我在这里挨过打，也打过别人。在这个城市流过眼泪，那天又没有任何自主地放肆了情绪。

知道了吧？没有优质的生活，的确会磨损一个人、一群人的个性。那些磨损，仿佛真如一分钱就无法办到什么似的那样遗憾终生。时光打磨锐气和理想，越来越圆滑，到最后，变得成熟理智，没有什么不好，可是，缺了点儿什么。

那站在操场看雄鹰飞归北方的姿态，看风掠过草地的触感，整个夏天在眼前铺展开来，我知道自己的意义就在于这些个变化的夏天。然而，这样的美好句子不是生活的常态，往往需要频繁地努力付出，才会收获一些种子似的果实。其实，并没有缺乏什么，只是那种对生活中美好的远观而不得，对与自身有关的美好的践踏和羞辱，还有性格中内向到敏感的脆弱，时时刻刻压抑着我内心的理想世界。

没有关系，如果你像我一样，那真的没有关系。失去和得到都看得淡一些，如果可以，拿橡皮擦擦掉这个丢人的记忆。可是，就有一点你我需要知道，好的坏的，那都是自己的。这些年的生活，磨损掉的，也并非都那么值得珍贵。像我一样思考着的人们，就请继续。若是有一天，可以幸免和残忍现实的直接冲突，得到叔本华所说的不用牺牲珍贵理想和生命时间的物质保障，就有了面对世俗幸福的坦然。

一包咖啡，当初是 5 角钱，现在呢？ 2 元吧。

一切似乎可以改变，还是喜欢有点儿烫，不加糖。

时光过境　温暖成风

清晨，看音乐网站Songtaste上的一篇网文，得知有一种叫“红梅”的香烟，已经不再生产了。

朋友说他最喜欢红梅，我却记不得是哪位朋友。

那天走过石家庄卷烟厂，父亲似乎驻足，有种白石的烟也再难觅得，现在，它叫钻石。

喜欢陪你，在温暖的屋里，一起躺着，忽而你转过身来向我微笑，问我爱不爱你。忽然，你又转过头去，待我明白过来，你已存满眼泪。

那些日子，我似乎确切感知了时光，它们像在阳台上穿过罅隙的雀儿，影子反照在床上的布面，一颗颗大如鸽身，不得不让人惊异。最后一天，你离开我的那天，你包了饺子给我，什么馅我却记不得了。大滴大滴的泪珠滑落脸颊，也许这是你伤心的方式吧。有的时候，我们不能预料未来，我们执着于现在的琐事。争吵过后，难复如常。

深夜游荡在一座他者的城市，或者在白日独自站立在偌大的超市门口，仿佛要进入一个巨型大物的腹腔，探寻之后拎着少许物品出来，疲累不堪。女人和抱着酒瓶的男人，消失在霓虹光影中。

终于，不是庆幸，我还是离开了那里。直到离开变成一种常态，我才发觉这不是生活的本来面目。你说，每一天都很好，而我再也无从了解，什么是很好。店老板开车载我，在这城市的大街小巷寻找一处安居所，破乱的居民区，还没打眼便急急远离。

2011 年的寒假，在那里。2012 年的寒假，从青岛回到石家庄。夜晚一个人的时候，想念你。一如平静盛开的夜来香，一如清香四溢的红茶。2013 年的寒假已至，转眼就过到了 2014 年，算一下，1988 年到 2014 年，整二十六岁了。

是不是每个人，都慨然于时光的流逝，眼见着午后风卷黄叶，和着时光倾泻而下，秒速，是不是五厘米。

是不是每个人，都曾有过美好的梦想，或者从粗鄙的日常中挣扎起身，抬眼嗅到新年的温柔气息，又或者，从豪华的世界里隐身遁形，来到山间乡野和百姓人家，饮茶，把酒，话桑麻。

是不是每个人，无论是自早至晚驾驶城市交通工具的司机，还是匆忙赶上要关闭的车门的教师和学生，抑或沿街乞讨者，和兜售自制食物的小贩，都可以和我在一起，被称作我们。

我们。

总有一个时间，鸿沟填满，自由远溢，隔膜消失殆尽，回忆里盛满被人遗弃的丛林法则和潜藏着的秩序。我们交付给时间太多责任，它不堪此重负。我们能给自己的也是一种许诺，一种隐忍的经受之后，所必然有得的自信。我们曾欣然应命，在生命的初始时刻，各自寻觅帮助泅渡河流的片片残木，有的人，会找到一艘大船，有的人，却永远无法航行在一条合适的航道上。

在 2014 年初，恍如深夜的寒凉的早间，写下这些文字，愿时光驻足，温暖之风永相随。

安静日常

6月，已是酷暑难耐。

我在等公交的时候，常可见不远处，那报亭围了一圈人。做什么呢？观看象棋对弈。所谓“君子观棋不语”，在这，总有着指挥家。此时此刻，蝉尚未鸣叫，那蝉蜕也还没有落下。高树婆娑，绿荫之下，傍晚的报亭主人也不在意卖出多少份报刊，图的也是一个乐子。

可是，自打我从另一侧过去等公交，也就不路过这报亭，自然也很难得买一次老板的小米黄豆煎饼。记得他的老家离我的故乡不远，喜欢笑着说话，眉毛长得不紧不缓，有四十多岁。报亭有时关门早，有时开门晚，经营者随性，附之者众。

我偶尔买他一个煎饼，就像偶尔去咖啡店。

去年冬天，石门咖啡师小颖还未去北京，和她约好要到柏林禅寺去。我等她的时候，修车子的师傅穿着棉袄，戴着耳套，却没戴帽子，呼出的热气瞬间化作白色。

她还没来，我问正干活儿的师傅去那的站牌怎么走，修车师傅指给我看，近旁，他的两位上岁数的朋友在唠闲嗑。高大的柏树落满积雪，不时有乌鸦“呱呱”地叫两声，一片雪压沉了树枝，

“咔嚓”落下。

我猛地抬头，望见天空中白茫茫一片，想起近十年前，我将进入大学时的模样——那时，我还很单纯，世情晓得不够分明，可一晃就到今天。回头，不远处路过一辆打右转向灯的出租。我搓搓手，呼出白气的刹那，感到自己的存在之于这座城市，或者之于小颖，仿佛很久也没有变化。

煎饼？咖啡？一个代表日常稍显粗鄙的生活，一个仿佛文艺生活般的精致。无论彼时，还是今次，我能说服自己扎身于柴米油盐了吗？想来，却已很久没有买过菜了。

夏日还好，我家有个小院子，种着西红柿、豆角、丝瓜等应季蔬菜。这也是好事，红柿子、绿豆角、嫩油麦菜，成了供应一家人的时蔬，还能分给街坊邻里一些。小区附近也有一位卖菜的中年妇女，大约是附近村里来的。她有一辆烧油的三马子。她动作麻利，称重准确，仿佛生意也还不错，但我只是路过。家里有，省了买菜钱。

来省城生活之前，我常给妈妈买菜。那会儿的冬天，得囤积很多的白菜过冬。

那会儿，我妈妈与囤着一大堆白菜的商贩讨价还价，有时用自行车驮着我，往很远的蔬菜批发市场买菜。县城的蔬菜批发市场里混乱不堪，隆冬清早，天色阴沉，眼睛是看不清楚的。

到买菜归来，车座上会有一大袋子我现已忘了名字的菜，就记得那干瘪咸菜，就像那时的生活，苦不堪言。而在雨天，妈妈还曾驮着我上下学，我躲在她雨披的后面，抱着她的腰，坐在后座上。

那段时间，似乎是为了度过而度过。

近年，已不必盘算时日储备过冬菜了，我常在阳光好的时候走出房间，出来透透气，其余时间，在屋里，闷头看书。因为太多的时候，我倾向于在文字里觅得一点儿安慰，无论是知堂，还是废名，或者是胡兰成，都是耐读。读他们的文字，再去看周遭世象，夏夜便有了深深的暖意或微凉。

废名有一篇小说，写的是一位名叫“柚子”的女孩。那女孩儿，亦是充盈着农耕时代的淳朴气息，有几分与鲁迅笔下的闰土的相似，因此，还想到林海音笔下的女孩儿英子。

煎饼，菜，咖啡，都是日常。心意凉薄的时候，读读书，不久，又将立秋。

乡村纪事

我印象中，父母对乡下的感情是复杂的。他们既知道那是原乡一般的所在，有着抹不去的记忆，却又清楚地意识到，必须逃离那里，逃离那令人不快的绝望和挣扎。

于是我自幼便在城市里生活了。我对城市的感情非常浓厚，城市里的人、城市里的小伙伴、城市里的生活设施和场景，似乎从来都没有让我失望。母亲说的“文明人”，父亲说的“知识分子”，都留给我很深的印象。

然而，由于亲人在乡村或城乡交界的地方，我便有了许多接触乡村生活的机会。

舅舅家在赞皇，这是石家庄市下辖的一个县城。所谓“东街的”，那应是计划经济时代的划分，但现在仍旧这么叫。谁谁是东街的，一说便知了。我的两个舅舅都是东街的，大舅在工厂做工人，二舅自己做小买卖营生。每年逢了寒暑假，若无意外，我都和父母前去探亲，尤其姥爷在世时，更是一大家子人，热热闹闹。

记得有一次表姐给我和表兄妹们讲鬼故事，讲到有一只大熊趴在玻璃上往里看，大家都吓得不行时，恰见一个人影显在那玻璃上，顿时魂都吓飞了！定睛一看，竟是姥爷，这虚惊一场成了我们同龄人间永远的记忆。

如今奶奶健在，爷爷、姥爷、姥姥均已去世了。我留恋着的，是和爷爷的轻微谈话，是与姥爷每逢夏日便开展的棋艺切磋，是乡下纯简到极致的日常生活；我厌烦的，是奶奶的偏心，对我的漠不关心。

在父亲和叔叔兄弟两人中，奶奶似乎更倾向于叔叔。每逢遇见外人，注定是会念出母亲的不是，让外人听这“闲话”。实际上，就我观察，不论是父亲在天津读书时由母亲一人照料爷爷和奶奶，还是做出决定将二人由乡下接到城里，抑或拿出钱财和物品，给之体贴的关照，母亲做得一样不差。可是，“人心不与你近，有什么办法呢”？

我已二十八岁了，大约前二十年，是会常常与爷爷奶奶相见的。每次回乡下或在城市家中相见，虽然知道亲近，但只觉无话可说。别家的儿孙绕膝，我也没有过。仿佛一个冷静寂寞的观察者，我从来便没有吵嚷，没有喧哗，一直是被赞以“懂事”和贬以“内向”的。不事张扬，自然不会有诸多喜乐欢愉；安静平和的老人不擅读书，自然话题少之又少了。

可以说，父母是考学出来的城市知识分子。爷爷在城市工作近四十年，工厂破产后返归乡里。奶奶是被儿孙不喜见的。可是，如今的我不这么看了，眼见奶奶独坐日照夕阳之下，我竟生出无法抑制的悲悯。

诸多的偏见，我不希望继续下去。即便老人有什么不对的地方，自己是否可以有实力有资本来做出原谅？如果没有能力原谅她的过往，只好顺应命运的安排了。奶奶有一阵子到养老院生活了，避免了在家中争执不断。但一年左右之后，还是接了她回来住。

养老院毕竟不是家啊。

我曾把乡村宅院比作“野园”，那里或许也有木莲和覆盆子，或许也有野菊花。石榴树是有的，小时候每年回去，奶奶都会留下一个大个的石榴给我。然而，二十岁左右的我寻访野园的机会似乎不会再有第二次了，人也随着时光渐渐奔向三十岁了。

也罢，时间自然将我的记忆尘封了，没有人再去触碰，大家被庸常的琐碎牵着鼻子走，已无力再翻开旧日相册。倘翻开，旧日便甘酒作苦，也不会让人觉得香甜。

我就继续扎根在这无数人浪迹的城市丛林中了，我想这便是宿命。

买鞋杂感

入秋已经两周左右，吃晚饭时不开空调也不会热了。像这座城市里千千万万工薪家庭一样，读大学正值放暑假的小寒在家看书，直到父母看望生病住院的叔叔归来，将三个热菜做好一字排开，小米粥和花卷端上，开吃。

白天父母在鞋城给他买了两双运动鞋，小寒对鞋子是十分满意的。但当小寒试鞋时，母亲在旁向小寒不断询问："舒服吗？""看看有没有毛病？""透不透气？"若干次后，引得小寒反感，趁人不注意时反问母亲："我已经说了舒服，很合适，为什么还问？"

母亲眉头一皱，狠狠瞪了小寒一眼，转而向服务员说："150元，行就行，不行就算了，太贵了！"服务员起初报价230元，几番讨价还价，终于被母亲攻下。两双鞋，以相同的说辞在打折价上又各便宜了几十元，成交。在旁的父亲虽不善言辞，也冒出几句"太贵了"。唯独小寒脸上一阵燥热，觉得面子不在了。

于是晚饭时，小寒边吃边对父母说："长期以来，咱们家是不富裕，但今天买鞋时妈妈不停地问我舒不舒服，我已经说了舒服却还要问！这样的讲价策略让我很反感。我确实喜欢这两双鞋，为什么要说不买就走人呢？！如果真走了，不就损失了两双好鞋吗？”

“记得上次在医院时，妈妈遇见前面的前面有人插队，就对前面的人说：‘你怎么不拦着他啊？’听得我也很困惑，插队这种事又不是针对一个人的，是对于正常排队的人们不尊重，妈妈怎么可以说前面的人？我当时一说吧，她还给我使眼色，瞪我！

“还有一次，逛夜商场，我们进去后问问价格，1500 块一件 T 恤，爸爸说没带够钱，那服务员竟然来了句‘带够了钱再来’，而你们居然不生气？明摆着歧视嘛！”

小寒越说越生气，手中的筷子也放下了，“我知道这社会让人压抑，生活压力大，但我从小到大从来就不愿意也不屑做这样的‘不买就走’的行为，这不诚实，我宁愿以别的说法讲价！我最不喜欢的就是妈妈对我递眼色，教我一些小市民的小技巧，我觉得这样非常不好！”

母亲听着，并不说话，父亲则一直不言语，然而急躁起来的小寒接着说：“我们做人要高贵一点儿，要优雅一点儿，不能习惯于狡诈的商家和丛林法则！”

父亲低着的头慢慢扭向一边，母亲忍不住冲小寒说：“你懂什么？！不节省能置下这么个家吗？卖东西的就怕你不买，你诚实，你高尚，我们都是小市民！”

说完母亲站起来收拾了碗筷，瞪着小寒的眼睛充满复杂。在小寒家，父母省吃俭用，自家小院种些菜，虽然劳累却能省下些钱；父母穿着几年前的衣服和鞋子，买新的东西从来不会挑太贵的；小寒买书、交往朋友、旅行上的花销不小，多是从父母牙缝里省下的；新购置的房子要还房贷，还要赡养小寒的奶奶……

小寒匆匆吃完回屋，坐在桌前扭亮台灯。他镇静了一会儿，不想发火，这次或许是过头了。“自己从小到大，我果真保持着所谓高尚的品德吗？我也没有直接工作赚钱，平时果真就是比所谓的普通‘小市民’高尚吗？不过是多读几年书罢了。”

“如果有钱了，我一定不会让父母再这般受罪，可是，果真有钱之后我们的性格和习惯就会变得优雅吗？书本上教育我们要诚实、要公正，现实中又难以做到，难道是书本上说错了？”

想着这些，小寒慢慢觉得如果承认在生活中需要学会讨巧学着精明也无可厚非，可他脑袋里就像别着一根筋，怎么也转不过弯来。“一辈子教书育人的父母也不容易，辛苦打拼从县城来到省城，他们当年读大学时，是否也经历过这样的思索和困惑？在大学这个象牙塔里，同学们谈梦想，谈未来，期待着为了理想社会付出努力，虽然也有老师告诫不要过于理想化，但真实的社会又是否真的如父母所言？”

小寒常听教授们说道，成功的人都是坚持了理想的人，但也常见一本本励志书籍和厚黑哲学比邻排列；一边宣告着要护佑纯真保持理想，一边劝诫着要懂得市侩懂得人心险恶。那么，到底是坚持了理想好，还是学着融合进复杂的社会好呢？这两种选择矛盾吗？或者说，这是不可调和的两种选择吗？

“乱了乱了！其实我就是想变得有钱一些，不再拮据而已。”他期望着的社会面貌，显然和实际存在着不小偏差。这偏差也不仅是复杂社会本身造成，人们本就是一个个复杂的个体。

深夜厨房与梦

深夜读书太累，踮着脚尖溜到厨房煮面了。荷包蛋、豆瓣酱、红烧牛肉系列的康师傅，开火关火不到五分钟，完成一碗热腾腾的冬夜料理。父母还在熟睡，似有梦中呓语。吃完小心回到房间床上，美美地想着一会儿可以做个什么梦。

梦，是什么？弗洛伊德的理论说，梦是愿望的达成。照此看来，如今的我确实完成了一些幼年的愿望，进入了好大学，读到研究生，可是最初的梦想也发生了变化。

家人之间曾传说我看到电视上的《新白娘子传奇》时，正巧桌上有铅笔和纸，我拿在手里画了最初始的简笔画，两条小辫，五官俱全，竟有几分神似。传言还说我三岁时便抱着纸和笔睡觉，不让别人碰它们，可见那时自己确是热爱美术的。

刚上小学时，我 16：30 放学，作业会提早写完，抓紧时间跑到学校美术小组里，学习国画，又在美术老师的业余班上学了素描和基础的水彩、水粉。业余班开课第一天，老师在白色衬布上摆了几个啤酒瓶子要我们画，测试以分高低班，我清楚地记得画出了瓶子的立体构图，又上了一点儿调子，引得老师们都来看。那时我八岁，梦想就是成为一个世界级的画家，到印象派画家莫奈画画的法国去。

在我父母均任数学教师的师范学校办公室墙上，我第一次见到了马克思与恩格斯的画像，他们告诉我还有斯大林和列宁，那时已是 20 世纪 90 年代初了。忽然有一天，我记得那四幅油画复制品被摘了下来，画框放在一边，画被取了下来撕掉了，斯大林的那幅露着白色的背面被人踩在脚下。又有一天，我在那所学校第一次听到了一种声音，清新悦耳，打破了我意识里所有关于声响的认知，在夏日午后纯粹地让我感到天堂的模样。我问母亲那是什么？她问我听到了什么。我让她和我一起静静地听，循着声音，我们到了一间平房的教室，里面一排排坐着好多大姐姐，有一位高挑儿美丽的长发女教师用双手拨弄着一台黑色大机器。母亲轻轻告诉我说："这是钢琴，不要大声说话，你想听就听吧。"她旋即离开，我为这新结识的乐器的美妙沉醉了，跑回去找她问："我能学钢琴吗？"结果却没有实现。为什么没有学呢？只记得母亲拉着我快步离开，就像多年后她和父亲一起拉着我离开画室一样。如果说我有什么艺术感受力的话，童年的这段经历功莫大焉。我知道再也回不去少年的美好时代，现在想想，多半是由于家境窘迫，但能坚持着断断续续学美术到初一，已经不错了。

回到现实，晚上和父母一起吃饭。父亲谈到他一九九几年在天津读书时，没有逛过校外的公园，没有吃过狗不理包子，没有买过一件新衣服，仅照了一张全身照片，毕业时有一张合影，他在那雪地里的人群一角呆立，众人围着一个大雪人摆 POSE。似乎就在那几年，他在县城卖过自制小风车，卖过水里游泳的小乌龟玩具，一晚上得了五角钱就立刻给我买了一根火腿肠，用半月的时间买来一件针织毛衣。曾经每每谈到这些，母亲也附和着他俩的苦日子，然而这几年却很少再多说什么，只顾低头吃饭。他俩已有不少白发，沉默着的时候很多。也许回忆里的故事，正如藏在储物柜里的老相片，翻开易碎，不得不淡忘。

有时我深夜写作，饿得肚子咕咕响，恰巧父亲或母亲起床了，就和我商量着煮两碗清汤挂面，也有荷包蛋，加陈醋少许，碎葱花一把，甘爽怡人。这样的夜里，他们的背影慢慢悠悠，不似年轻光景，而这二十多年来温暖了我的胃的深夜厨房，就在这白色微光下，以时光的名义忽闪着将我和它紧紧连在一起，仿佛梦里天堂的模样。

北岛曾写道："那时我们有梦，关于文学、爱情和穿越世界的旅行。如今我们深夜饮酒，杯子碰到一起，都是梦碎的声音。"然而成人的世界，也许一碗面就足以温暖你。

晚安，好梦。

在青大一路上

在青大一路，早间熙熙攘攘的人群。他们很多就在微小的地盘里居住，是外地人在此间谋生活。我认为很少有青岛本地人在做路边饮食料理行当，他们多有像样的店铺。

我走在青大一路的时候，一般是下午靠近日头落山的时候。这时，你可能发现一个胖人，他低着头移动着还算灵活的身躯，常见的是夹着一份报纸，或者是一本书。他常吃这边的一家“土耳其烤肉饭”，虽然有时，这烤肉饭也被称作阿根廷或巴西的。

就在青大一路，我隐藏了一个秘密。那是去年，或是今年上半年的时候，我承认那时的我与现在不一样。那天清晨，我走在青大一路，望向密密麻麻的早市人群，耳边响起豆浆车老板放的一首古曲，瞬间眼泪流不止。平凡的价值，正在于此，就像天使贴地飞行，他永远不如那行走在大地上的众生了解生活的本质。

青岛的这间书房兼卧室，或许会被我保留下来，直到我毕业也还继续租住。我从 2013 年 10 月 14 日左右在此居住，彼时已一个月了吧。留在青岛一间居所，总是好的。

晴朗天气的每日上午，我能晒到日头，常常就睡一会儿。正如路遥所言，“真正的一天是从中午开始的”，下午我便有些精神，找找书，写作一会儿。到了傍晚散步归来，又很可能带着 U 盘打印书去了。

日子一天一天过去。1988 年，我那年还不能和这个世界谈谈。如今 2008 年都已过去七年，是否可以渐渐和这个世界发生某些联系呢？这不是说我之前就没有生活在此间，而是指，我希望在基础认知之上，创造些什么。

常有种种压抑的感受，就在阴天的时候才会感到放松。或是个人情绪问题，或是与欲望没有得到满足有关。我很期待可以调整成一种乐天状态，无奈总是皱着眉头，不会有很多开心。

无论如何，说是适应不了社会就是病态，或者不愿做低贱的工作就是懒惰和假清高，再或者不积极就是不努力，我都好像无法接受。这里，存在一个模糊语境，我从没有去做一般的打工的工作，而不去做，并不能代表不妥协。

自己到底是怎样的存在呢？自己却不甚清楚。

大学往事

旧痕新影，阶上青苔，且歌且和，慷慨不必悲歌。

——题记

2014 年冬日假期的傍晚，彼时我尚是青岛大学中文系研三学生。我在石家庄的等闲书店闲坐，黄白斑驳的灯光里，无所谓地抽取着书架上一本本书。翻到一本巴别尔的《红色骑兵军》，早已听说此书大名，见之大喜。这个书店搬了不下三次家，我几个月前还在城管委旁的简易棚里帮店主砂砂整理书。那时的等闲更像是一家书店，摆满各种特价社科人文书籍，不少都是难觅得。在北京的豆瓣书店和青岛的我们书店闲逛时的感觉，在那儿也有。但如今，它是一家需要消费的咖啡馆了。

"你什么时候不再买书，你就成熟了。"阿敏在电话里对我说过的这句话，我一直记得。那时我在南京，2011 年的冬天，大学临近毕业。可是，现在我真的变作了一个书虫，看似无书不欢的日子，给我很大的经济压力不说，那些买来的书也未全读。我怀疑"见之大喜"这伪饰欢愉的真实性，而在这几年的日子，我又是怎么度过的？那段南京的经历是否依然左右了我的价值判断，并常常梦魇般缠绕着我？我在石家庄的咖啡馆错乱地在本子上写画，在青岛的奥博啡舍、门咖啡、咖啡空间、不是书店等可坐下休息的地方焦虑不安，在白日行走时想象她在做什么进而产生幻觉，在深夜叫喊着醒来，想不通的时候如此多……

人生恍惚而过，匆匆数十载，有时也不过一瞬间。一间间书店，一家家咖啡馆，既构建了各个城市独特的人文性格，也是如我一般的人消磨了太多时光的所在——倘使还有如我这般没什么钱又常买书的人，我定要奉劝一句了：“什么时候不再买书，什么时候才算成熟。”而 2011 年 9 月至 2014 年 9 月，正是我在青岛大学的三年。

1

2010 年，似乎是在即将跨入 2011 年的时候，寒冷一如平常夹杂雪雨侵略着西安城。我即将在半年后告别这让我煎熬忍耐且不堪重负的大学生活。我保研了，记忆里这不是第一次，高考前已因数学竞赛省一等奖获得推免资格。那时在山东大学面试，我喜欢冬日阳光遍洒的坐而论道，那时展涛先生还是这里的校长。同学们看上去耿介而颇具自由民主之风，夜晚便有站在台上销售考题的，去食堂问路时遇到的同学说：“山大食堂全国最佳。”笔试时有考官对我态度不好，冷眼冷语。所幸面试还可，入选。但我最终还是选了西安交大，在西北这所理工见长的综合大学度过了难耐的四年。

临毕业我开始找工作，而不似他人放松心情迎接新来的研究生生活。对结局的判断使我失望，我悲观地想到去了青岛很可能不会再与阿敏有结果，而不去呢？我犹豫之下买了火车票去了南京。从玄武湖对过的火车站出站口出来，她在等我了。阳光刺眼，一切笼罩着未知的光晕。我和她一道上了公交，到了旅店。第二次去南京，我找了一份工作，在一家私人承包的教育类小报社做采编。当时并未打定主意要在那工作，坚持了一段时间，自动退出，回家了。

温暖的家有包容我的父母，什么都没说，坚强的后盾。我再次准备到青岛大学报到读研。至于这三年对青岛大学的评价，只好说是喜忧参半。从一开始直到现在，都有人问我，为什么从西安交大到青岛大学来？像看着一个怪物似的对我加以点评。

那时我的身体刚刚经历了术后恢复，时间在面前铺展开一条看似宽阔的大路，我激动又兴奋，满怀信心地希望做到最优秀的自己，但很快一波波的伏击到来了。我从不愿再与他人提及我的历史，此处又说，便是最后一次。

2

我是经时任青大研究生会主席的张龙梅学姐带入这份青岛大学研究生杂志做编辑部主编的。至今我不能确定这是否是一个错误的选择。她在奥博啡舍几乎一口未沾那份日后我颇为喜爱的冰拿铁，夏夜人影幢幢中向我郑重其事说道：“你要想清楚，如果做就做好，如果觉得耽误学业就立刻停止，不要勉强。”她问我是否真的喜爱做杂志，我很肯定地点了点头。

在新教学楼的二楼，我负责招揽新一批的编辑部成员。这些日后再也没有什么深浅交情的成员，在当初却似乎是抱着学东西并做一件有意义的事而加入的。我的继任主编王若所面对的新人，应也是有类似的心理。当时的我非常有精气神，走路呼呼地，言语带着自信的笑意。如今你们见到我，再不易发现类似当时的开心。那似乎是我在青岛大学黄金时代的开始，也是不自由和抗争的一个起点。

3

2014 年冬天，我常常宅居家中，心思却并不平静，先是持续数月深夜难入眠，终于压力大到难坚持后放弃考博。随后参加《燕赵都市报》的招聘考试，幸而入选，准备当记者。从初中正式为考试而学习，再到大学为求知而读书，再到彼时为硕士毕业做论文，每一次转折都是旧日历程的结束和新故事的开始。

朋友说得很好，是“希望在指引他前行，会让他终究变好”。但我不相信终究会如何，或者说，我不相信“终究会走得远会变好”这种说辞。那时，二十五岁的我已过了由希望引领前行的年纪，现在也只是做事，在做事中求得宽慰和满足，若有希望，也是近景罢了。这就仿佛挂在狗儿面前的骨头，够得到时尝一口，够不到时想吃。但我不去吃那骨头时，却发现还有别的可吃，比如，一份馒头。

与其说这是明知幻觉却不愿停止，不如说我们没有办法，如束如缚，无可奈何。相比物质的匮乏，精神的委顿是更严重的困境。尤其是当白日的兴奋与愿景退却，黑暗袭上心头，我们这些忧伤的年轻人难掩的悲伤与无奈纷至沓来。我并不能确信使我开心的是什么，但使我不开心的，却那么明显。

有时，我会想起马林刚老师，他先是在青岛大学研究生团总支做书记，分管《青大研究生》这份刊物。我在办刊时出过印错校徽的错误，他应是与我一道尽力挽回，后多次支持办刊，功不可没。想起他现今，已从山东大学博士毕业在青大任教，人的际遇总会在努力中改变。孜孜矻矻，锲而不舍，跬步千里，他的经历正印证了这些话。

之前读到《1988：我想和这个世界谈谈》，这本书里那则“我原以为自己是固定根系的植物，而从沙土中抽身而出才发现是动物”的故事发人深省。坚持怀疑不是为了最终以所谓真理傲视众人，坚持怀疑本身，就是可贵的。然而，诸多人的理想被现实击垮，化动物为长眠的植物了，可即便如此，依然不可妥协，“容忍比自由更重要”也不是主张处处妥协的。我常鼓励自己，“要在遍布地雷的地方插满鲜花”，而以被摧毁的腐身释放滥调者，无疑是可怜的。2014 年除夕之前，在乡间与长辈亲戚逛集市，得知她在年轻时也曾面对众人声称“我是知识青年”！这声音就像我近期在家中所言，抗争着庸常。现在的她已然肥胖臃肿，琐事缠身，一生未从庸常中逃离，泯然众人。她笑眯眯的眼神对现实充满了顽抗和妥协，这是混迹丛林的人常有的皮实，而生活，也已不可避免地走向庸俗。

“你只有变得更好，你所期望的人才会出现。”很多情况下是这样的。我们必须沿着想象的路径全力前行。过年也好，不过年也好，想象是自由的，或许相信每一天都很好，才是使生活完整的信念支撑。“活着是为什么啊？”我在省二院等看病时，见一位病友问一位长者，“活着！”长者只应答了这两个字。

彼时，参加完报社的考试，有人在网上匿名向我发消息询问我是否入围面试，我曾最鄙视交谈中仅仅索取而不知反馈或不知主动表达的人，因为我认为信任的缺失已然到了令熟悉的人变陌生的地步，这需要改变。所以我不能回答他的问题，除非他放弃用那个马甲来和我交谈。然而他告诉我说，你不是坏人。“对不起，我不是好人”，然后拉黑。

近年，夜读胡适，“我做学生时便开始办报，十六七岁办《竞业旬刊》，一个人包办整个篇幅，用了很多的假名。外国留学时，也常常翻译小说、写写散文一类的文章向报纸杂志投稿，赡家养母。后来与《新青年》杂志发生了重要关系，许多文章都在《新青年》发表……”——胡适在 1953 年初的这篇《报业的真精神》讲演，前几日读来依旧新鲜。主编刊物用诸多假名的事情我也做过，那时我当《青大研究生》主编，和另一位美编共两人，夜里到宾馆租一间房排完最后的版，深夜打车到印刷厂跟色，凌晨 4：00 只身走几里路到公交站等车回校，只因手里仅余 1 元钱了。虽然我不能出国留学，但希望可以与另外的刊物继续发生关系。那段时间的理想，比如开独立书店；攒钱，年底到台湾旅行；写很多文章结集出版，渐次被我一一搁置，但这搁置或也是另一种开始。

4

周边朋友中处境困难者，多以这最无力的说辞“只要努力就有好结果，如果没有好结果，是因为还没到最后”来勉励自己。然而这说辞骗不了任何人，可任何人又希望它是真的。失败者，落后者，浅尝辄止者，不能成功者，许多时候并非我们不努力，并非没有坚持。我希望朋友们不要用“没有坚持到最后”来进行所谓的“鼓励”，也希望朋友们不必探究没有成功的原因。那成功何尝有标准？这世界又有多少人成功？迷失在作判断下定义甚至成王败寇的炎凉言语环境里，连心态也跟着变得糟糕起来。我们做好一些身边事，比如将楼道再扫一扫，就是进步。可惜，人们将自己绑在了时代列车的前方，你推我搡很慌张。

前些时日，《东方历史评论》在网上写道让大家来写家史，我没有详细看内容，却仿佛吃了一闷棍。我的家人没有历史，如果有，也不能沉渣泛起，索性作罢。我和家人就活在每一天的基础层面，看书，吃饭，睡觉，工作，写作。因此我希望能做到不羡慕任何人，安守自己的心地。前几年春节时还焦虑不安，以为可说的太多却无处倾吐，以为没有年味。现在无所谓了，窗外许久听不到一声炮响。社区中人们都在家里，我猜想很多人和我一样，选了好书，喝茶，音乐，电影。过年不过是短暂的假期，更悠长的假期在人们心里。

如此看来，我家的生活不能算作贫穷的。然而格调与品位，与长久的培养有关。比如没有用茶具喝茶，没有木质的手办书架，没有古籍古玩、民国旧书报刊，没有名人赠书与字画，等等，仿佛生活里就缺了很多意趣。读书读原典，买书买旧书，也是这个道理。

现在提倡“慢生活”，这个“慢”不是或不唯独是节奏缓慢的意思，更重要的是品位和格调的提升。在慢的节奏里发现生活的美好，在愉悦静思中体验文化的意韵，比如找一个下午，摆上画架作画，或到河边垂钓，或拿着相机拍一些城市风景。我猜测多数人都有慢生活的情结，只是能有闲有力量付诸实施的较少。多数时间在没有留下痕迹的忙碌中度过了，甚至看一篇长文的闲暇都不再有，这是恐怖的。我警告自己不能被繁杂的时事关注和观点言说遮蔽了原本可能轻快愉悦的心情，所以今天就要去买一个画架，继续未完成的绘画梦了。

2014年寒假某夜11：30，我跑到社区外摁响药店门铃拿感冒药和泻火药，眼睛发热，鼻塞，心口疼，急急回来喝上继续看关于报纸的书和最近一期“经观书评”。走在雪路上，想起“孤舟蓑笠翁，独钓寒江雪”，对擦肩而过的路人抱以看不到的微笑，和保安先生打招呼，月光在雪地折射，漫天白光。那夜继续查“新月”旧识。下午打车到等闲购书三册，一杯姜茶，傍晚又得精装仿皮书《梅川书舍札记》，最爱陈子善先生的考证文字。自知没有人可以时时刻刻照顾我，必须坚强起来。在石家庄的节奏，慢慢习惯并适应，我觉得一切还好。

“每个孤独的人都在用谎言描述他们内心的真实”这是豆瓣音乐人十三的一段话，而我想说，“不要谎言，一切都得逼近真实”。

懊丧枯坐时，还仍有人安慰我，有人支持帮助我，什么理念之争，什么意识形态的不认同，仿佛耷拉着脑袋的蔬菜，无人问津。我感谢这无人问津，能有共识的又有几人？他们说这是转型的必经之路，那么就要好好度过，忍耐承受。

世界温柔又残酷，在给你一个闷棍之后安抚你，摸摸头，再吃些蜜果，我也不哭，不闹了。“唯不可负，爱与自由”，却一刻也难得。挣扎的感觉不那么明媚，而时间列车轰隆开过，碾碎多少痴梦。

“反对并不构成全部的意义所在。人们并不能从反对中获得生命和生活的意义，而只有获得生命和生活的意义，拥有自己在这个世界上的立场和价值观，才去反对”——崔卫平在获得与林昭有关的奖项时作如此演说。当我想反对这世界上的弊端时，亦应先在现实层面为个人生活的改善做出努力。

5

说到什么才是大学的真精神，“独立自由，兼容并包”，这些做得到就可以吗？也许，现如今还得打破既有的学术评价体系、人才选拔任用机制，以及僵化死板的教育模式吧。硬件、软件，都要好，可是，一切的一切，都得循序渐进。我想，若没有武大刘道玉校长那般的勇气与智慧，还是扎实地稳步改革就好。

我有时想，在这二十七八岁的年纪，感到周边友人变得势利者尤众，喜谈大学精神者，少之又少了。为什么会发觉和他们再也没有可交谈的机会？他们也不再愿意与我交谈。这原因的一部分，是由于许多人无法再以平常心对待友人，或认为其理念不合，或认为其没有思想，或根本就看不起对方。众人都追求自我的完善，却不想奉献出一些来完善这世界，岂不自私？于是我感到前所未有的隔阂，因为活得年纪还算年轻，更是对这种在友人间存在的鸿沟非常震惊。

他们，原本是和我在一起称作“我们”的，他们不仅与我形成巨大的分野，他们本身也分作了一个个单独的个体。这种个体的形成，与其说是独立的完成，毋宁说是独立思想形成前的彷徨——如果可以形成的话。更多的人在面对着散沙般的分化，由利益所得和思想意识及行为方式生活方式导致的分化是显而易见且不可逆的。或许由于对公共事务和其他事情的共同关心，这些人会再度聚合，人们在寻找同类，在形成共识。我的解释：思想聚落在形成。

朋友说，“你想去支教，家长不同意说危险又浪费时间，你说有证书能加分还能丰富简历，他们同意了。你有一群只一起吃喝不一起做事的朋友，你对象不愿意你和他们厮混，你编点儿理由说他们有长处将来可利用，你对象也同意了。你做了个艺术品，但拒绝了媒体的采访，大家伙来指责你不懂得把握机会走红，你告诉他们你保持低调才更容易走红，他们‘懂’了。很多熟悉你的人并不了解你，你需要把你的世界重新编码成他们看得懂的东西，用俗物来遮盖自己的本心，所以你很孤独”。这是青岛陈哲兄的一段话。

的确，人们总在拿出可以分享可以沟通的部分来做交流，说出的话亦是通俗到可以调侃，而忽然有谁道破一点儿事实真相，会惊恐得众人四散奔逃。

于是，谈及大学也好，谈及往事也罢，一切烟消云散后，不过就是“扎实努力”罢了。

6

秋风送爽，窗外已近寒凉，若不穿衣服，裸露上身，更是感到切近的寒。

想到我在石家庄的伙伴朱士天，以及萧萧树兄。想到诸位友人，有的已签约出版著作（萧萧树、杨云龙），有的还在为工作事烦恼纠结并努力着，想来一切事情都不是那么顺利的。

很多时候，每个人的命途是不同的，我在近三年时光里，了解了身边挚友的身世与窘迫命途，了解了好友竟罹患重病。想来，一己的为了金钱苦恼的悲欢，究竟是不足挂齿的。

他们的命运，何尝是能掌握在自己的手中？但我还有一万个质问，质问这残酷现实中，永远还会残存一些不同角度的可能性，是这样吗？我竟无言以对，我不敢说不是，于是，我厚颜无耻地背负了鸡汤感地一遍遍告诉自己，是有希望的。

人，活着，区别于万事万物的他者的几个要素中，严肃思考，追求梦想，不弃希望，便是很重要的三点。

于是，就得在身体允许的前提下，不再纠结工作的冗长和繁琐无聊，必须干下去！

于是，就得在无聊的时候，逼迫自己看书学习。

因为，仅仅是有感于现实，而提升不到理论高度去认识问题，就不能透过现象看到本质，更不用说返照现实并解决矛盾了。

我永远记得，在青岛大学新校区的那一幕。那是2011年的冬天，我为校报写稿，在那之前，我刚到青岛大学读研究生，一次公交车上，我给薛原老师发短信，大意是“思想界之争不是最重要的，建设性的努力才有利于这个国度”，薛老师回复我，“是的，多读书”。

我记得，在2011年冬天，我为某事联系采访青大的一位辅导员，似是关于校园同性恋问题。她告诉我：“为什么要非黑即白？为什么一定要让一些人遵从另一些人的意见？”似乎，我从她的眼神里看到某种热望，她急切地想让我开化，想告诉我“容忍的重要”。

每年冬天，我都想起这件事，想起在湖边等她采访，立在阴影里，采访结束后她匆匆消失在阴影里的样子。非常感谢，这位辅导员老师对我的急切的逼问，我永远都会记得。

上　坡

上研究生时，我在从青岛大学浩园的门口往回走时经常遇到熟人，而从宿舍出去的时候，很少见到熟人。我会低着头走，或把头扭到一边。我在这里没有死对头，但有我不想见的人。

平时，比如，一位朋友来找我了，又走了。那么，来就来了，走就走了，没什么。但无论是谁，我都像一位久居丛林的和尚，一位心思还没有安定的和尚，想着和他多说几句话，做他的好朋友。和尚这两个字，我不明白为什么，为什么如此称呼他们。

我在宿舍里有《楞伽经》，偶尔会找出来看。黄皮的《楞伽经》，在网上打出黄皮两字时，出现了“黄陂法师”的“黄陂”，而我曾在《临济宗禅》这本书里，看到过他的名字，在柏林禅寺，貌似还见过他的画像。

说来有缘，我每到一座城市，都要去拜拜那里的寺庙。《楞伽经》便是在青岛的湛山寺买到的。现在它身上还附有当年我做浮麓书社时的贴纸，索书号是 B94.01。呵呵，说来可笑。当时我做什么事可笑了呢——

那次做微电影的某种见面会，我一个人在台上讲着什么。后来我发现，自己根本什么都不懂——多可笑。

可笑就错了吗？对错有意义吗？活着为了什么？能静下心思来吗？

这一连串的追问，按心理学上说，实在是在自我缓解焦虑。然而，我没有那样缓解的迫切心思，我甚至也不想大致了解，对这些追问的答案的了解，于我又有什么意义？克里希那穆提的观点，我记得有一句好像是“要安静、要沉寂，之后才可达到无明的状态”。对门宿舍的剑哥说了一句话，让我加重了焦虑并觉得彻骨的寒，他说自己“无一技之长，在大街上茫然不知所措”。

人有时候，就是需要一个安静的依靠，随缘进行，遇到释迦牟尼就是释家，遇到老子，或许就是道家，遇到孔子，就是儒家。

那天夜里，我也依靠着内心的真实，依靠着单纯的幼稚——这幼稚让我经常不会拒绝，不会争取，总在吃亏，总在放弃——来看看这些指引人心的书。我相信这些书不会无缘故地消失，它们会在看过的人心中留下痕迹。

我似并未深入到要皈依的程度，我觉得我不纯洁，但并未为此哭过；我觉得自己龌龊，却曾为此放纵过。得不到的，我往往万分想念；拥有的，我要保护好；失去的，能否不再挂怀？然而，这一切的一切记忆，都有个基本到不能再基本的前提，即，这些人对我是重要的，为什么重要？因为在我的生命活动和思想世界里，他们扮演了重要的角色。我或者与他们一起生活、交谈，或者卖弄过自己的浅薄才学，或者一起褒贬了某些事，某些人。

手头还有两本书，《爱与寂寞》与《生命的完整》。想来，即使我读了又能怎样呢？但起码比现在的状态要好很多吧。我注意到，自己往往在用“吧”结束的句子里做出怀疑，这并非基于我有足够的怀疑力，实际上，我无知到可怕的地步。

但也就是读书，也就是读书的生活，能让人幸福。

读到别人的人生，读到未来、过去和现在，读到没有经历过的事情，如果还有冲动，或许你还会出发、上路，去做一下许久没有疯狂过的举动，只要那不违背基本的道义，我支持，因为我也想。

现在，每日能静下来安想哲学的人不多。其实也没有必要这么做。倘若能分开哲学的思维和以物质利益左右现实的思维，让这二者和平共处该有多好。往往是没有能力的弱者皈依宗教，往往是没有信仰的人皈依后祈求安慰——我一直以来这么想，想象着富翁可以无忧无虑地生活，就好比性爱能延续万年而永远有快感——后来，我对这种看法持了怀疑态度。

对待过去的做出了的龌龊的事情，对待今后有可能遇到的朋友们，对待世间随时间流转的万事万物，我应该有基本的“生命的自觉”，像母亲今晨发给我的短信里所言“乐观人生认真对待”。

生活中，不必要交往的人就没必要再接触，不是每一条鱼都生活在同一片海里；没有完成的任务尽力完成，有时顺应脑子的思维的东西未必对，激荡思考者的事物未必没有益处。

我还是每天会经过许多上坡路，直到有一天，像成功者一样退隐。我不是说我能有他们那般的财富，但那般的心路历程和心境，那般认可每个人的独立而自足的生活的理念，我会把握住。

明日我不想再做今天的自己，而是想做到安静、沉稳、成熟，做到有能力工作与学习，再利用少许才华出些成果，那么这样的生活，便不再停留在谋取生存的层面了。什么是“生活”与“生存”的差别呢？在物质水平达到温饱略显宽裕的基础后，就是精神了。

走吧，上坡路。

岛城春行

某年我进入西安交大，读本科。某年，我又因毕业告别西安。似乎告别的时候是真正兴奋的，那时我还没有深刻到理解这一别，会是多少年。当我戴着一个西部牛仔帽子，拿着那些行李，虽然沉，但如释重负。没有再可以牵挂的，因为一直就没有多少留恋。也没有很严重的哭泣和悲伤的眼泪，那时候我在酒会上的哭，似也因为现在看来没有必要的一些情感。那些花花草草和跑来跑去的狗与猫，父母留在西安的影子，还有我自己很少去却不得不仰视的富丽繁华，仿佛都在随后的生活里迅速消失，直到不见。对一座城如此，就像对一个人，对朋友，如断了线的风筝离开了，也就没有再联系的必要。

2012 年 4 月 2 日。愚人节后的第一天，张国荣去世的影响依然伴随在这几天，一直在听他的歌。在我发现戴着耳机穿着西服和皮鞋出门不搭后，果断放弃听歌，只带了手机和钱包。我要去青岛八大关，虽然不知那里在这个晚春季节的样子，是否一如秋冬般萧瑟。虽然，我说过不再晃荡，却没有选择地出了门。

最近对我打击比较大的一件事，似乎已经让我也流干了眼泪，偶尔的心痛，伴着伙伴的喧嚣吵闹，只好隐退心间。那位朋友，一直被我认为是最重要的女孩儿，一个假期时光，已然没有联系而陌生到陌路。想着这些郑重的琐事，无奈何。出租车师傅载着我，眼见清早青岛高楼林立的市区在眼前飘浮又退散，树木的枯枝也散发新芽。清明的气氛愈来愈浓，昨晚和父母的电话也忘了说的什么。我想是该独自看看外面了。

八大关别墅区的风景，也如石家庄深冬的植物园般荒芜，不过是多了丘陵一样的坡路，多了海风的潮湿气息和典雅别致的别墅。据说这里有欧洲各地不同风格的别墅，其中住着的也许不是太普通的人。在太平角公园，我顺着笔直的路前行。不多久即抵达海边栈道，也用随身的相机拍了几张。可是，眼前如有眼翳，耳朵身体都不听使唤，没目的地想找人说话。这空荡荡的自然之景，即使说春天来了怕也没人相信，冬天和夏天之间，春是不存在的。我还在想那个女孩子，她不曾出现在我的大学生活，却兀地在研究生生活里出现，本该了然青春为何物的年纪，本该冷静的我却迷恋她了。这位优雅的女孩子独具女性的成熟魅力和风情，与其说我想她做我女友，不如说，已经没有任何瑕疵地看待她了。

然而一声叫卖打断了我的思绪——“菠萝，烤地瓜”。

我看前方一位大婶在用无烟烤箱烤地瓜，并削了菠萝在卖。由于未吃早饭，我想要地瓜了。她麻利地拉出烤箱，我就挑了一块中等个头的。五块钱付好，她叮嘱我就坐在旁边吃，我说好。

安静的海风伴着微皱的海浪，这里已经面朝大海，未及花开。脑子里全部的思绪又倏忽飞到那位女孩儿身上。我知道对于感情是无法理智地得到什么原因或结论的，但这次，我想安静地想一想。她说：“我们不是一个世界的人。”此前的种种话语和行为，如躲避见我，屏蔽我的电话和短信及 QQ，解除好友关系，一切的一切在最初的交谈中已明确无疑——不是一个世界的人。

大婶递一个烤地瓜给来买的姑娘。姑娘原来是河北衡水人，与我的家石家庄很近。好想交谈，终于忍住。听她们交谈，大婶是潍坊人，在青岛做小买卖定居。“再难也得挣钱啊！”她说得很干脆，并无半点悲伤。随意的几句话后，我便匆匆离开了。

“真是个老实的孩子。”

我听到身后大婶笑言的评价和女孩的嗤笑，她是从衡水陪人来拍婚纱照的。

从很小的时候，我性格里内向的成分就太多太重，最怕的就是被评价为沉默寡言，不善交流。而老师的评语，也一如既往是希望开朗活泼起来。听说，世界四分之三的人是外向型的，内向的人更少，于是不适应社会，往往会孤僻和沉默。到底，我们每个人的世界之间，差异有多大?

走走停停，八大关漂亮的临海大别墅和私家泳池，以及到处停放的奢华轿车。这，是否就应该是我心中那位女孩子未来的生活呢?

想了又想，没有答案。

如果可以用什么词形容这种状态，“纠结”最合适。纠结的生活仿佛一张无孔无缝的大网，压得我喘不过气来，也压得我平凡的父母疲惫不堪。他们固定的工资制造了平淡生活，每每回家经历过，就觉得前路无望似的。许是我渴望较多而努力不足，许是厌倦了平淡。我若将未来的美好愿景建于现在不堪的处境，那必是空中楼阁般的幻境。可当我听到有人提出不希望农村孩子上学，及不幸福来源于要求太多，每每此时就很不解，却反驳不出。当我欲求很强烈却眼见理想在眼前在别人身上实现时，更苦不堪言。教育告诉我不应该诋毁和轻视劳动，一如不应该仇恨良善而富有之人。教育还深入我的骨子，教会我隐忍和学习的重要。但，即使最伟大的教育和最有意义的宣讲，也无法解除经济对于个人的束缚，以及平淡人生中被时间勾勒过的伤痛。如今的我不敢回忆那些混沌而过的大学生涯，不敢提及旅行、出去玩这类需要金钱支持的活动。没有美丽的笑意存在其中，也没有深刻的经验值得提炼。

“让时间带着你走，终有一天到暮年。”这句话，是我用来镇定和安慰自己的。它有魔力似的，能让我在欲望和现实的隔阂中随波逐流，能让我暂时忘却无法抵达美好而造成的心灵折磨。

当烤地瓜吃完，我也要回去了。岛城在 4 月中旬以后才会渐渐转热。一路无语。到宿舍，昨天向我借钱无果的舍友还在蒙头大睡，富有的舍友现已和约好的女孩子在逛街，而我又打开电脑，看着书，消磨我的研究生日子。记得老师说过，每个人的目标是不同的，所以俗世的成功也没有固定的定义。

这不是现实的真实模样，我掺杂了太多不得理想的折磨。其实世界的本来面目是：每个二十多岁的平凡的年轻人，两条路，一是不得不选择去过，或说不得不堕入适合自己特性的生活，即使一万个不愿意；二是，忍受痛苦的折磨来改变世界。可大多数时间，就如王小波说的，生活，不可避免地走向了庸俗。

这是3：56的石家庄

大约，我也是喜欢看电影的人，许是2010年秋，我看过《海角七号》，南国的恋情，该是在夏末。那南国风物，也甚是动人。

此刻，北方已渐寒凉。

凌晨3：27了，竟再无暑热，随手扇走乱入的小飞虫，这是最好的时光。如此，过自己的时光，恐怕不久，在果实成熟的季节里，我已可穿上长衫、长裤。到时，放场风筝也好，郊外散步也好。

城居石门，自有多种不便，却也有种种自得，能淡泊处之，亦是智慧。房价增速过快之前，生活在这座城市还是有幸福感的。

在初夏，此时便将天亮，而今夏天确已过去，已与我告别了。如此，肆意光着上身，喝下一杯杯常温的水，便有些想对这个季节说的话了。

然而，还是作罢。

有什么要说的呢，还是留着杂言碎语，留在记忆里，或浅或深地，未及老时，便要拿了出来，煨酒，温自己的心。

此时，已是秋日，我想起在乡间，走一条小路的情景。

那是母亲的故乡，那条路从前什么模样，多少年来就还是什么模样，弯曲，有碎石子。我从那路上走过，白日或夜晚，还是白日居多。我去寻一家亲戚，小时觉得路甚远，而今发觉路窄，且浅。

走那路，有灯时，多是远远的红灯笼映照；无灯时，便要摸黑，我伏在父亲背上，闻他的喘息，好安详。那种感觉，就好像现在，他在隔壁睡着，不大不小的呼噜声，我开着台灯，敲字。

时令的变换，往往牵扯个人的心境，陶渊明的“结庐在人境，而无车马喧”，小时虽以此为境界之高，却还是对世界有诸般好奇。今日，已太静了。

许多个夜晚，如同今晚一样，我竟想起一个人——陈超先生，想到我未曾见过的他的陵墓，许是当时送别他的情景，已多见文章描述，想来那陵墓在人去后，时常静静地，观察来往到访的人吧。他会在天堂发了哂笑吗？或者，懂他或不懂他的人，他都报以微笑。

想起他的《秋日郊外散步》和《博物馆或火焰》，我曾在拾年咖啡，与店主说起石家庄文化，那是2014年的事了。他问我：“是否去拜访过河北师大的陈超先生？”

说来奇怪，常常愿走访的我，也只是表示第一次知晓其名，却不再有心思去了。

我不是诗人，我亦不是好的作者。

“没有。”

如此，便再无机会了。

一个人，活着便好，倘去世了，便没有诸多机会了。

能安静地活着，能淡然面对生死，前者可做到，后者，做不到吧。

第二辑　溢出生活的边缘

也许，生活本就无法言说。

此间的记忆

无从落笔的文字，注定是徘徊在写与不写，怎样写，从何开始叙述的。我想象中的世界的样子，以及它可能告诉我这个社会的构成百态，在这一个人待在家里的下午，竟统统失效。我开始不直接关心宏大叙事，开始不去想未来的一切要求，只关心家里、手边的一些东西，从一个人烧一壶水开始，想象蔓延开来，回忆紧随其后，及至最后，百感交集而又些许欣慰的是，我仍记得，我在这里存在过，生活过，这就好。

这个年过得并不顺畅，先是在青岛的日子，决定要跟随《城市信报》的田野老师实习，略微有一些收入。后来短信里见到母亲那决然的口气“在那吧，我们支持你”，心里就一阵不知所以的开心，也是后来蓦地一条“好孩子，妈妈是真的想你了”，让我有了悲壮的漂泊感。最后种种原因，我还是回家了，到家的晚上就闻知父亲已冠心病住院，阵阵的担心，却仍在母亲和叔叔的安排下回家休息。直到那天下午，我对这个家的陌生感才渐渐消失，而且真正爱上这里的一瞬间，是这些天不曾有过的一个自我发现、自我寻找的过程换来的。父亲住在河北省二院的十几天，我每天从家里去医院两次，带一些东西，帮父母做些家事。偶尔陪陪床也因为没有地方待和护士的催促离开。所幸，父亲得以出院，但以后滴酒不可沾，烟也不可以吸，剧烈运动也不可以了。他每日想念他的球友，经常隔空挥舞自己的乒乓球拍。记不清是哪一年，我俩配置了高档乒乓球设备，可现在只有我一个人可以打了。“回家了我们练两局”这样的话如今好似一辈子都不可以实现的理想化的豪言壮语。

每年回家，我都会做的事情，无非是吃饭睡觉，上网聊天。今年，多了许多烦恼，许是应该承担更多责任，因而自己做的事情也多了起来。中午的时候我去健身房，用了十二天减掉了 5 公斤，速度已经很慢了。回来发现应该在此时睡觉的父母都没有睡，原来新家的房子水管破了。说是装修好新家，今年的夏天说不定就搬过去了，在市中心住毕竟什么都方便，然后整顿一些房子，为我在青岛安家做准备。美好的事情往往来得太过美好而令人不敢相信。我曾经在西安的时候一万个不喜欢那里，如今也想念起了那里的凉皮和面条；在南京实习的记忆太过短暂，可我学会了一个人生活，一个人处理一切问题。现在美好的，或者说还算可以的未来等我去见面，我应该带着什么上路呢？青岛确乎是一个美丽的所在，全球 100 个宜居之地，中国唯一的入选城市。我更关心那里的收入、生活质量和人文环境，一切到目前为止还不错。于是茫茫然的局面消退，现实逐渐明朗化。

现实，抑或理想？我曾经说过，要在遍布地雷的地方插满鲜花，许多朋友并不赞同。现在的我认为，若是理想在现实里挣扎得太久，久而久之会变质的。常常会想，我要做到怎样，变成什么样的人。现实是否形塑着一个完全不靠谱的我？可是真正要成为的那个自己又在哪里呢？最终的结论，竟也是一两句普通至极的话语：“活下去，才知道可以活得多好。”往往，又有许多悲观的论调：“相信自己的时候，是以绝望为开端的。”曾经很不理解的这句话，现在常常被我拿来锻炼自己的心智。是得知道自己的短板和绝望之处了，有时即使再怎么努力也没用，有时却依然可以爱着自己爱的人，有走过头的勇气。

中午临出门，母亲让我烧一壶开水，我说，好。我让她找的福建铁观音茶，找到的是一盒精美装饰的，估计值500元的。我说这个留着你们送人吧，我喝密封的那种就好。可最终没有找到，他们出去了，该我了。

我在厨房烧水的空当儿，闲坐着看着这壶水，直至它沸腾开始冒气鸣笛。将水倒入暖壶之前，我对厨房的柜子里面有什么发生了兴趣。红黄相间的柜子很别致，我打开一个推拉的，里面有毡布和擦床，又打开另三个抽屉：最下面的有袋装酱油醋，有各种牌子的鸡精、调味料。中间的依然如此，最上面的有盐、糖、胡椒粉、孜然粉等。原来，母亲每次饭菜就是依靠这些调味的。在旁边的几个柜子，发现了核桃油、玉米油，还有鸡蛋宫面、竹篦子、茶具等。在放着红酒和杂粮的柜子深处，我费力地拿出一盒茶叶。这也是我翻找的原因，我记得家里应该有各种包装的东西，当然不外乎一盒铁观音。这就是一盒观音王。

因为要喝乌龙茶减肥的缘故，我比较开心，看了生产日期和保质期，2008年6月的，十八个月后过期。失望倒是没有，我还希望可以借由密封来延长保质期，一查才知，铁观音这样的半发酵茶只有十八个月时间，且已经算长了。

我摆弄了一会儿这个茶叶，发黑的颜色告诉我已经不可以喝了。一个人的下午，就像小时候在家里发现一些隐蔽的好东西一样的欣喜还在延续，慢慢悠悠地我又去翻找。在养着花草的阳台的鞋柜，有我和父母的鞋子。我里面的鞋已经不行了，太大，或太小，或旧。在最里面的柜子里，找到了前一阵说的象棋。那时我对父亲说“我们来下象棋吧”，其实我一点儿心思都没有。对于这样年龄的年轻男生，关注的更多是自己的事情，对父母的关心偶尔有，也会显得多余。我想总要给家里平添一些欢乐，起码不再二十年如一日地沉默、沉闷。多年前大家年轻的时候很开心，孩子也处在不知道烦恼的年纪，可现在变了。少年时蔚蓝的天空，总有一天变成了沉闷压抑的灰色，一如心情。家里的亲人越来越少，似乎我应该为家里添上一位可爱漂亮的姑娘，更确切地说，我该给家里带来欣慰和喜悦，而不是一味地依赖。倘如《当爱来的时候》里面的父亲那般，我的父亲母亲也倏地消逝，我又如何忍住悲痛活在这残酷的世上？这确然是残忍又残酷的世界了，在《北京爱情故事》里，在《蜗居》《裸婚》等剧里为我们展示的现实，已经群起攻击着卑微的理想。所幸理想有很多时候都是卑微低贱地苟存着，不再需要喧哗和躁动。

在电视柜里，我本想找找前些年父亲和我一起做的集邮册子，无果。就像之前发现一些旧鞋一样，在这里也发现了旧的东西。一个纸巾盒子里，有父亲陪我从石家庄去西安的火车票，2007 年 1 月 7 日的一张上铺。没记错的话，那是我去面试交大考试时候的票。当年我桀骜或者说叛逆到顶点，话语稍有不合就言语冒犯，攻击者不乏顽劣之徒甚至自己的父母。柜子里还有一些旧袋子，依稀可以辨认出是旧年用过的。回忆就是这样，越是想就越想不起来，越不想发现的时候它就突然冒出来，给你一个惊喜，或者一个闷棍，让你脑袋一热，忽地回到过去。然而，过去还回得去吗？

左边的柜子里，我看到父亲这次心脏支架手术后解下来的护腕，还有一个领带盒子。我以为会有内容，却是个空的。还有我小学时每家每户用过的马蹄表，和曾经游览各地的纪念门票，以及佛珠、手链之类。

“人生的每一个时期，都要做每一个时期应该做的事”。在我初中没有什么写作的时候，一篇周记里的这句话被班主任语文老师圈了出来，且后来不止一次在不同书里见到。下午的翻箱倒柜，也使我发现了自己曾经的每个时期的故事。那个上手工课用过的折叠剪刀，用了不到一半就买了新的笔而遗留的各种“半截”笔，和穿了没几天觉得不舒服就弃之不顾的鞋子。诸如此类，一想起来，就会联系现在，顿觉现在的自己变了，变得不再是既往轨道上的自己了。可这样的变化由何而来又是否正确呢？不知道。现在的我没有恋物癖，用过的觉得不好就不再保存，写作的习惯让我有话就会表达，而不去借助东西来蕴藏感情。我知道自己的弱势，也知道强势之处，知道喜欢的姑娘她不喜欢我。总有一些事情让我，甚至很多时候让你我无能为力，能做的就是保持开朗的性格。

原来，我们的父母在某个时间，变得记不住东西了。一放好多年的东西，他们再也找不到。于是没有拿来用，没有拿来吃或喝，而我们也不去发现自己家里可能储存着的东西，于是就这么互相沉默，直到年岁增加和老去，他们添了白发，筋骨不再硬朗，身体不再健康。我们呢，反而关心的时候少了，唯有要钱的时候毕恭毕敬的自己，哪里还像这个家里的一员？我发现了我在西安读本科时住院的医疗用品，发现了本也想不到却依然存在的许多东西。以为已经扔了呢——却依然存在着——被父母留着。他们常说，等老了翻翻老照片，看看过去的青春的自己，会多么开心，现如今一切的中年问题令其多有困扰，哪里来得翻照片的时间。“你的小衣服、小鞋还给你留着呢，在地下室”，往往此时，我仅仅一句“哦”便将母亲打发。经常，我发现他们会看着我笑，是老年痴呆吗？不是，是亲情。有多久自己没有认真领悟这亲情了？好久好久了，记也记不得了。

事实上，这个社会在迅速变化，爱情、事业虽然重要，但不应占据生活的所有维度。我还有很多要发现要做的事情，无涉婚姻，不及浪漫，甚至无关未来。它们就在现在，就是当下你我最关心的最爱的人的些许小事，你能做到吗？我相信，我们都可以。

莫让灵魂老去，于是，我们不再尘封记忆。

在青岛听民谣

2011年秋天，我来到青岛大学读中文系研究生，而在此前的暑假，我就在青岛一家报社做实习生了，每日负责接听热线，采写新闻。虽然工作较为繁忙，我仍旧每日清晨在操场跑步，每日夜里伴着浓浓的雾气回到宿舍看书、休息。青岛在我眼中，绝非一般人把它和香港类比的“文化沙漠”——这里有“不是书店”、繁花·我们图书馆和良友书坊这样的既办讲座，卖折扣书籍，也售卖饮品的独立书店，也有“我们书店”“纸有境界”这样的不售饮品的特色独立书店，当然，还有国王头像、列侬餐吧这样提供民谣歌手演出场所的酒吧。我第一次听的民谣现场演出，就是纣王（胡晓鸣）和李昱程2012年9月19日来国王头像的那个晚上。

现在我已忘记那夜我点了什么酒，同行的女孩儿点了朗姆可乐。她后来说：“不知道是不是饮品和身体产生了化学反应，从胃里发源的热晕染开了，一直蔓延到眼眶，从纣王拨动琴弦的那一刻，我的眼睛就感到一片温热。”

和我一样，她也是第一次听民谣现场，而我在大学时就已对民谣歌者的各自不同的风格有所了解，更是把好听的所有找得到的歌都反复听，喜爱至极。在青岛的夜里，宿舍的朋友打牌、吸烟，我就在床上躺着看书，忽然就听到舍友放《你离开了南京从此没有人和我说话》这首乐曲，感到孤独。

而这第一次的现场，新鲜感和冲击力是极其强烈的。女孩儿说，她不知道音乐从何处来，只不眨眼地盯着小舞台上纣王拨弄琴弦的手，动作轻巧流畅，既非常见的流行风格，也不是愤怒、荒诞的，这音乐穿透迷雾直抵人心，似是毫无瑕疵，又没有空隙般将她包围。我想她是要表达，这是和生活最接近的音乐，是两个和生活融合而不造作的歌者在用心吟唱。

当夜，纣王的声音略显沙哑，来自河北的我和他算是老乡，他身上显出北方男人的爽直，并没有很多言语，一句“听歌吧”便开始了演唱。唱《涩》，他唱道：

我想我应该是一朵死去的花 / 不然怎么就盛开不了呢 / 我想我应该是黑夜的孩子 / 不然怎么就那么害怕阳光……

是不是所有的麻雀都会在冬天里死去 / 是不是所有的人们都在金钱里丧失着良知 / 是不是只有穷苦的孩子才能唱出最美的歌 / 是不是只有漂泊的人们才懂得生活的苦涩

和缓而节奏感强烈的吉他演奏，伴着沙哑木质般的有力却舒缓的歌唱，我也不禁融化其中。

从我的阅读经历而言，读海子、顾城、北岛、食指、张枣、戈麦等当代诗人的诗，有时也会产生对音乐美的联想，但那更多的是在“诗与思”的层面，是需要沉静后的反思而后抵达灵魂深处的幽微地带的。而这三年来，我听了众多的民谣歌者的音乐，他们有着各自不同的风格，难以概括，但也有相似相通之处——比如李志对现实的布满忧伤的抵抗与讽刺之声，他那对友谊、对爱意的深沉，来自心灵本身并和每个行走在社会上的个体的命运交织在一起的唱词，既是对束缚生活的框架的抗拒，本身也构筑了一间承载忧伤灵魂的小屋。同样，在纣王和李昱程的歌中，我能听得到，他们对生活本身和生活于这个社会之中的普通民众的关注，而他们自己就是其中的一员。

《磨剪子抢菜刀》这首民谣，有一句常为20世纪80年代的孩子们听到的“磨剪子来，抢菜刀……”叫卖声，后音拉得很长，使人想起童年常来磨剪子菜刀、修补搪瓷缸和水壶的工匠师傅，进而想得到唱词里说道的那些逝去的童年画面：

> 那条深不见底的胡同 / 那个帮人磨刀的老头 / 那群善良的邻居 / 那个童年的玩伴……
>
> 如今那条胡同不见了 / 那个磨刀的老头也不在了 / 那群善良的邻居走了 / 那个童年的玩伴也长大了

在青岛的这两年，我眼见的生活也发生着很多变化——青年读书人对书籍的内容要求随着自身的阅读层级的提高而逐渐上升，他们渐渐以阅读进行着自我意识的觉醒和启蒙；纸质书籍的售卖受到电子书籍的冲击，谈论书籍出版的未来更像是在谈论纸质书和书店的未来；青岛的咖啡馆渐次增多，乃至稍有些欧陆风情或老城旧貌的地方，必可觅得一二咖啡馆……

这也许是好事，似正意味着民间生活的兴起。而在对民间生活、对各自心中的苦闷困惑的音乐描述中，那些不与传统流行音乐风格相似的民谣歌者，如刘东明、赵雷，如“麻油叶”厂牌的花粥、尧十三、贰佰、马頔，如较早的张佺，他们不同于校园民谣，不与主旋律音乐相似，他们在某种程度上用各自的经历，以歌谣般的语言还原了生活的本来面目。他们是小众的，但也是更真实的。

我记得纣王当晚是吸烟的，他就像我曾在北京后海酒吧街里见过的歌者，像朋友叙述里在拉萨、在丽江吟唱着自己的歌过着自己的生活的人一般，他和他的朋友们，在这个喧哗的时代给了音乐更多的自由和可能性，给了人之为人以更多选择。

听着他的《十字路口》，这首歌仿佛还用到了口琴，我想起了冬天游荡在街边的日子。每个人都有自己的生活，听民谣，便是困顿生活下的一个出口吧。

我所经历的北方

貌似是 4：00 左右又醒来。不外是喝了那包咖啡奶茶。

我忽然想起，在河北石家庄的一座县城，藁城。那里有过卖布料衣物的市场，我曾经无数次经过那里的街道和店铺，去给父母买一种必须的产品，或者自己拿着五毛钱买一包零食。在冬天和夏季，或是春天和秋天，我在那里度过了生命里最初的十一年岁月。

后来的十四五年，我在石家庄，在西安，在青岛上学。这个国度北方的许多城市，我都经历过。在郑州一个人在清晨第一个进入少林，或者在济南的深夜，等待山大的保送考试，还有在承德的旅行，在秦皇岛的玩耍，在北京的逗留，途经天津和火车外乞讨者的隔窗相望。

耳机里放着一首《北方的女王》，尧十三的歌。北方是这么地值得留恋，会是我永恒的记忆。除却在南京短暂工作的一段日子，我几乎一直在北方。在南京时，我自己承担了一个人由幼稚变作成熟的全部过程，却又重新返归校园。我知道那是一段不够美好的经历，北方之于我的意义，比南方的理想更加实际。

夜里，想不起西安的旧事了。在西安的四年，四年……我如今想来竟有想哭的冲动。那是我生命里最艰难的时期。不只是精神上奠定基础的演化初期，也是身体发生剧变而落下不安的时期。常常不能安静地睡着，常常一个人伴着昏黄的灯光走在上学与返回住处的路上，常常累得眼睛向天空看去觉得无力支撑。常常，觉得没有希望了。

然而，这会儿我坐在青岛住处的书桌边，我相信接下来的命运再不会差到哪里去。

一个人能在寂静的夜里反思自己的过往，并深刻地反省一下，该是多么庆幸的事。我发觉自己已经可以不再长时间地哭，心地中柔软的部分，挤出来的水分渐渐少了。我的心情变得平和柔软，我的心不再轻易感到悲伤。

想念家乡。我尝试过将自己永远地从那里连根拔起，逃离这冬天异样寒冷的北方城市，却发现，许多理想看似美好，却不具备实现的可能。进而我不再期待这种逃离的可能，理想转化了，我与这座城市的千丝万缕的联系就此锁定，再也不会变了。

一个人的生命时间是有限的，做好几件事已属不易。当我们年轻时，可以犯许多冒进躁动的错误，因为有人在后方给我们一个辅助的支撑，保护不会跌落得太惨。然而，年岁渐长后，没有人可以再保护你，反而你要去保护所爱的人，要有实力接受生活中的种种不公正。我有过待人待事很死板很苛刻的时期，但那很短暂，倏忽即逝。我用了较长的时间练习用宽容的原则来要求他人，看待这不完美的世界。

现在我想起了一些故人。我不会感谢伤害我的人，甚至我不会宽恕，但是，我在心里已然没有了怨恨。另外的几个人，分别是我初中时期教语文课的班主任，高中时期的语文老师，大学中文系时期的班主任。相比之下，现在的导师的责任是轻松很多，更多是在学理上精神上予我支撑。我从来不纠结于为什么由理科转向了文科，由美术转向了语文，由数学、物理、化学等转而文学研究。无论是自己选择还是被他人左右，我终于抛却了许多可能性，才可以把自己限制在如今这个模子里，过着自由而深思的生活。

寒假回石家庄，我想再去太和电子城附近转转，那里的各色人等，最接地气。想去看工人们修路、安装管道，看个体户们经营自己的生意。凛冽的空气和刺鼻的味道，这座城市带给我的，是太多的不安和平静。在家里，即便有很多阳光照在屋里，即便我想笑，却没有什么开心。我再也不会伪装自己了，再也不去营造幻觉的世界了。

青岛不属于我。与我这个热烈期待改变的年轻人不合拍。我没有在此间养成踏实读书的习惯，反而有不少晃荡的时间。回到寂静如尘埃的家中，面对这个家庭所不能承受之重时，我压抑到不能自已。于是，才喝了那杯咖啡奶茶。

浮生掠影

时光不知不觉从指缝溜走，月份牌上标着农历八月初七，再过一周便是中秋。梧桐树在窗外开始掉叶子，北方的天气渐转寒凉，不到 18：00，天已暗了下来。

秋天既是收获的季节，也是死亡的季节。海子在《九月》中写道：“目击众神死亡的草原上野花一片，远在远方的风比远方更远。”夜里父亲开车载我到他单位印资料的路上，我一直播放这首民谣。深夜 11：00，街上已没有多少车。小路上路灯不够亮，父亲开着远光灯。远远地，一位老者横穿马路，我们鸣笛示意，他并不避让。眼看车近了，老人却走到了马路中央，躬着身子望向这边。天啊，这是怎么回事？父亲急忙将汽车减速，让过老人，靠马路右边停了下来。

我们在车里，一动不动。“爸，怎么回事？”“不知道，等先看一下。”

老人盯着车灯的眼睛随着移动，渐渐转向车内的我们。看清了，褶皱的皮肤上深陷着两颗炯炯的眸子，和一般的老人似的穿着白汗衫，涤纶长裤，黑色千层底布鞋。老人没有说话，嘴角向下撇着，身子颤抖向后倾。三两秒钟的时间，感觉却很长，他似放松了一切戒备，不由自主地蹲在地上，抖动着脑袋闭着眼睛哭。

这哭声就像一口老井发出了咕嘟声，我不禁鸡皮疙瘩都起来了。父亲怀疑地看了看我，我们都没有下车。稍微振作一下，我觉得不安，想象了很多可能发生的画面，若刚才撞上了会怎样，老人是否有意寻死也未可知。不多久，老人自己弓起背，站直了，径直向马路对面走了过去。对面是和平公园，即从前的华北烈士陵园。父亲迅速踩了一脚油门，来不及等老人消失在黑暗中。“他是要自杀啊？幸亏你躲得快！”父亲嘘了口长气，夜晚的风吹得道边树叶乱晃。

若果真是在寻死呢？他可能有很多苦，要不也不会哭，我从不迷信，只觉一阵寒。

在父亲的办公电脑里，我找到一份名为“荒了的韩松的日志”的 word 文档，打开一看，竟是我 2007 年至 2011 年在天涯博客所写的日志文字，统计字数二十万。猛地看到，我心如刀绞，怎么会在这？本以为过去那些不堪回首的日子随着日志的删除可以一笔勾销，没料到时光弄人，让我在此处又发现了它们。父亲的用心让我有缘再翻看旧时日志，许多事件能浮现在眼前。

日记里记录道，在我还上初中的时候，在去往秦皇岛的火车旁，我见到了一位向我招手的乞讨者。那年搭乘雨天里去往秦皇岛的火车，停靠在天津火车站。人来人往，上上下下，自幼安静而讷于言的我，觉得不说话比说出一些莫名其妙的碎语要好很多，默默在无人过往的拐角处向窗外望着。漫天乌白中，一位乞讨者隔着站台，在铁轨的另一边向我看过来，分不清男女。起初，我们双目对视，并无他意。过了两秒，我忽然举起手，向他挥挥手，示意友好。他蓦地没反应过来，眼神稍作停留后，也朝我咧开嘴笑着，将右手举得老高，朝我挥动着。这种奇妙的沟通方式使我在寒冷的雨天感到温暖，全身触电般涌动暖流。

回想起来，那时的我天真纯粹，而这乞讨者的形象，如同一个象征符号永远地停留在我年幼的记忆里，短短的五分钟我和他的“交流”，致使我日后无论何时，都不会敢于蔑视贫苦者，而是友善平等待之。或许，良善的种子一直都在心里。

多年前那位在铁轨旁一边觅食一边和我对视打招呼的乞讨者，和夜里这位在偌大的城市钢筋丛林里寻找不到生活意义的老者，我能把你们区别开来，但某种意义上，对人的关怀和尊重，让我不忍将你们忘记在脑后。

停下飞驰的车，向陌生人抱以善意的笑，生活中有许多令我感念的瞬间。在越来越多的人无法突破隔阂互相熟络的今日，和陌生人之间产生默契让我觉得心里很温暖，尤其在这雨夜的石家庄，祝愿你们平安。

访野园

夏日翻检电脑里的文档，发现 2010 年的大年初三写的一篇文章，忽然记忆就把我拉回三年前的冬天，我还在西安读大学。文章中说“我现在写这些字，心情仍难以平复，是一种激动、欣喜，又悲从中来的感情。因为我刚刚从阔别十多年的农村老家找回了从县城搬去的我的旧画书，旧字书，旧玩意儿，找回了我仅存的些许少年记忆”。

我在县城居住了十多年，至将上小学五年级时转学到石家庄市里，而县城家中旧物则一股脑儿都运到乡下，我没参与运送，只是不断叮嘱父母要好好照料我的旧物。“看到包含我日思夜想的内容的画书重新在尘封十年之后，回到我眼前，自然无比激动。我跑着跳着，找妈妈看。我们都很开心，画书多从小堂弟的柜里发现，自然是他翻看又扔了一些，我最厌烦自己的童年被他人侵占，厌烦自己的衣服被他人拿去穿，厌烦保不住我的童年，甚至憎恨那些毁坏我童年记忆的人”。

我现在的一切美好理想和情感，都深深根植于幼时的美好。

那天早上 8：00 左右我们从市里出发，一路上，我还想着如何面对我的画书，又或者一本也找不到该怎么办，我会不会当着大家的面失声痛哭，一路上会想些什么呢？

可是在路上我发现，我不断地谈论着石家庄的哪家馆子有什么特色美食，出了什么新电影，现在流行什么书，什么健身养生方式，我应该如何努力进取，该获得怎样的成绩。我借此缓解丛生的焦虑，也借此在回避着可能面临的书籍被盗的局面。

村里的乡亲用斧子砸开已无法开启的锁子，叔叔第一个进去，我第二个进去了。

眼前这个野园子的情况，我已有些预料，可是还是被惊呆了，遮天的合抱老槐树，地上全是落叶、大树枝，这十年的沉积，埋得很深，但我还是踏下脚步，这是我的记忆之旅、发现之旅，我没有理由退缩，我要找到我幼时的朋友。进入小东屋，地上有一本手抄《中国革命史》，我看了看，犹豫片刻后还是捡了起来。

接着去了正堂的西屋，堂弟在翻找。他发现了书，却未告诉我，而我转了转，并未发现什么，全身无力又失望地走了出来，看着满目疮痍的旧院子，那时我们曾在夏夜的房顶睡觉数星星看银河，曾在冬天踩着咯吱咯吱的积雪喂鸡喂猪，再看现在这一本书也没有的境地，我悲伤得双脚麻软，几乎站立不住。不！我要找！我回身去了堂弟的屋，在柜里翻检，终于，我发现了我的画书！这些曾经被幼小的堂弟看过并撕扯了的画书！显然，他并无意保存并带走我的这些画书，可是，这是我的童年甚或一生最真实的好朋友，我要带走你们！

我拿了能翻找到的书，去找母亲装了起来。母亲也发现了自己的日记本，叔叔又从小东屋找到了我的音乐书，在西屋发现了他的团员证和爷爷的证，而堂弟则在东屋搜寻仅有的值钱、有用的东西——几个子弹壳，一个小铝盒。我只发现有爷爷一个烟斗和一个筛子，这都是我曾经常见到的东西。母亲在东屋又发现当年的分家文书、老照片、相框和病历。

寻访故园感慨之余，我收获不多，看着毫无兴致的堂弟，我发觉有时难以和他在一起谈些什么；我在城市长大，而他在乡村成长，本也接触不多，现在更生分了。

父亲抽着烟和三位乡亲站在院外聊天，看到他们周身的烟雾，忽然觉得很亲切。一位老乡对我说“我以前去你家，你还躲着不开门”，我只羞赧地笑。

回到这阔别十年的野园之前，我们去农田里给老爷爷、老奶奶烧纸，翻飞的火燎了妈妈的头发，回家后还担心是不是鬼魂作祟。开着车在田间路上难以行走，杨树的眼睛看着我们，去的时候注意到了，离开时却再也无心观察。原来我并没有像预想的那样大哭一场，也并没有太失落，毕竟已经成人，承受过许多打击，尽管找到很少旧物，但这打击于我也无妨了——别人的童年如果是完整的，那我的就是残缺的好了。

“人这一生，携带美好记忆上路会是幸福的，向往安然的生活的我，发现再也无法回到庸俗中去了，那将毫无意义。”那篇文章以此结语，或显乖张，却也是年轻的理想主义。历史或许容易磨灭，但若心中存着珍贵的记忆，便已足够鼓励我们向前走。

乘车去远方

“我愿搭乘那楼下随意一辆末班车，去到某个不知名的地方。”

2013年的10月末，我写下上述这句话。我似乎是准备去做了，准备真的去搭乘一辆车，去到某个不知名的地方。然而，没有。

这是在青岛的第三个年头，从2011年9月到了这里，直到现在，我感到始终无法融入这里的生活。我常常流连在几个知名的书吧、咖啡馆、独立书店中间，有时觉得这便是我在青岛应该有的生活了，然而，空虚和孤独感一直侵袭着我，使我一刻不得安宁。

第一次来青岛时，我住在父亲的朋友安排的房间，那是青岛大学里的一处破败的宿舍区。说破败，乃是我一种狭义的观感，那里住的，是自考生。我并不知道多少自考生的生活景象，唯一记着的，是一位黑脸凶煞的朋友，他在我离开那宿舍区之前，不知不觉地退学了。同住的朋友说，这很常见。我却很纳罕，也很惊异……

那个夏日的夜晚，我常常在十人间的宿舍的上铺躺着看书，听床下的朋友们呼喊着打牌，看他们喝酒抽烟，烟雾弥漫到上铺，围着蚊帐缭绕。在我彼时狭隘的眼界里，常常以学习成绩区分人的聪明与否及能力大小，但很快我便抛弃了这种无聊且无知的想法。床下的艳亮兄弟在用电脑放李志的民谣《他们》。我想，这是一群失意的人。

他们很熟练地与人接触，白日不怎么上课，多数时候在工作赚钱，或是发传单，或是刷盘子，听说好一些的在酒店当服务员。“艳亮，你想离开这里吗？”“不想，我还要混个文凭。”

是啊，混个文凭。有了文凭，在社会上才稍微吃得开，才能过得好一些，不至于长久地做体力劳动。而我，就要读青岛大学的中国现当代文学专业的硕士研究生，在他们看来，的确是学有所成了。因而，不管宿舍多混乱，他们都愿意给我留出一盏灯的空间，让我夜里看书写作。

后来，我去过一些地方。乘火车的时候居多，而坐汽车和飞机的时候少，多数时候，我依旧愿意乘上青岛干净的公交车，散漫地游荡在这座城市曲折蜿蜒的大街小巷。

有一段时间，我的心仿佛永远地不想离开城市，甚至不想离开当下所在的城市。若我在青岛，就是不想离开青岛。若回到家乡石家庄，就不愿再离开石家庄市区。我并不晓得这是一种什么感受，或者说，这是否是出于安全感的缺乏，乃至对城市有着太多的留恋。

常常是，乘车到一处书吧，坐了没一会儿，便要来纸和笔，我迫切地需要写下些什么，我无法离开它们，而纸笔的存在，给了我某种程度上的安全感。

“乘车去远方”，的确，听上去很美，且有很长一段时间，国内流行着“在路上”的生活方式。薛冰先生出过一本集子，名曰《纸上的行旅》，全书以古旧版本的旅行类图书为线索，讲述了作者如何徜徉其中，流连忘返，读之颇有宁静文雅的感觉。如今的我，也依旧不敢轻易从所谓的钢筋水泥城市里逃离。或许我们的社会并非如西方后工业时代那般需要人们回到乡野，返璞归真，我们更需要的，乃是在城市里继续生活，尤其，当这城市还没有现代化到很发达的时候。

套用大冰的一句歌词吧，“如果你心中有情怀有对生活的执着信念，那么到了可可西里或许可以见到大海，否则，见到的依旧是沙漠而已”。此刻的我已不急着去远方了，踏实地度过每一个刻度里的时间，或许才是抵达远方的终极法门——如果，我还期待远方。

一瓶果汁的卑微

因为没有从家里带电脑来南京，所以那天晚上，我去网吧上网了。一是怕沉，二是怕丢，三是不知道放在哪里。

就在那天晚上，我看了几个不同的网站，人人、天涯、Gmail、新浪等。百无聊赖地坐着，想着以后的路怎么走，自己怎么办。因为那时候还没有找到合适的工作，心情也比较郁闷。刚巧租下房子，一个多月的时间，总共花去830元，我虽然觉得贵了，但还是租了下来，因为，我需要一个安定的家了。又花了500多元，买了被褥枕头。自己觉得，还没挣钱就开销这么大，不好意思了。

盯着屏幕看，无聊。待到9：00多快10：00的时候，我想我该走了。

于是，我拿了身份证去前台办手续。来南京以后，我了解到，网吧是这样的：来了以后充10元钱，放上身份证，就可以显示出自己的信息，然后用身份证号填写用户名，登录即可，不用密码。

这天，我没带水，又口渴了，就拿了身份证到前台，说，给我拿一瓶果粒橙。

她给我拿了，关好柜门。我把身份证放到机子上，显示找零

7.5 元，于是，她就想也没想地找给了我 7.5 元。我很快地拿起钱就走了，越走越快，生怕她发觉后追上来，就小跑了起来，一路跑到电梯口才停了下来。气喘吁吁的我扶着打战的双腿，擦掉头颅上的微汗。

突然，一阵空虚和寂寞爬上心头，一阵卑微和自贱闪念而过。

是的，我无暇多想，可我又停不下来似的想了很多。

就在那一刻，我觉得自己突然长大了，突然明白了生存的艰难。我为什么当时那么庆幸自己得到了一瓶“免费”的果汁，事后却无比地懊悔和沮丧？是的，这不是我的劳动所得，原以为自己可以凭自己的能力获得一碗饭吃，可是还没有找到工作的时候，得到这样的小利在我看来是多么侥幸。

我当然没有那么伟大，伟大到可以自觉地回去把钱补上，而是到现在了，还依然觉得庆幸。我不知道钱多到一定程度的人会不会麻木，但是贫穷却会改变一个人的行为，乃至性格和品行。

当我贫穷的时候，我不知道自己可以用手头的钱坚持多久的时候，我确实感到无助，而可爱的女朋友也说不要我黏着她，她不喜欢被人黏着。

那个晚上，我仍然痛痛快快地睡着了，可是，我的眼泪差点儿掉出来。是一种苦笑的眼泪，我觉得自己很卑贱，没有做人的尊严，而我后来才发觉，当你贫穷的时候，就有这种感觉。

故事就是这样，我事后还在舍友面前装得若无其事，谁也没有告诉，连女友也没有说。

就是这样的一件事，让我明白了好多，人可以有地位卑贱之别，但品性不应有高低之分，任何时候都应该适当地坚持自己的做人底线，如果缺少了这一点，活得就没有尊严。

难舍的贫瘠

“以后见一次少一次”，潘哥告诉我这句话的时候，我和他正聊着父母和自己的今后。

我这是六年来，头一次在家和父母过中秋吧，心情颇不安，稍后便要走。

关于未来，谁都有可见的现实关照，也都有着未知迷茫的恐惧。很多时，恐惧是常态，不仅是这样的体制下的常态。恐惧形塑了生活，生活被涂抹得不像样子。因此给我自由，一时我会茫然无措。

“嗨，你在害怕什么？”他问我。

“其实，我并不够清楚。”我心里这么想着，却给出了另外一份答案，“我知道我要做什么，非常明白，一步步，按部就班，就可以获得我想要的。”对小曼师傅我也是这么说，我知道撒了谎，心里没底。

当下，我正坐在石家庄家里的卧房书桌前，敲写这番文字。我意识到一种巨大的恐惧感，不仅来源于现实状况对个体——对我的压抑，也来自如某种情绪疗法所言的——个人的感受。在个人感受与现实“交相辉映”之下，没有理由不现出无知的本性。

懦弱，胆怯，不是可以被指责的。我宁愿选择谴责隐藏着的无形爪牙。

于是，我选择出去看看。原意是，出国去看看，要么就硕士毕业，要么就读博以后。

最近的一次，却是 11 月即将奔赴的成都，见帮助过我的朱先生。

其实我是害怕的，但无所畏惧。

我害怕最终自己的命运没有荣耀地闪光在史册上，或没有留下一些感人的发人深省的思考。我害怕自己没有所得，将生活变得无以为继，将理想湮没在尘嚣中。确切地说，将老无所养，生无所依。

转眼，研究生的第三年，除了心境更加沉静，无有他变。不禁戚戚然。

10、11、12。然后就是 1、2、3、4、5。大概这些月份过后，要么成熟走向新的一个阶段一个状态，要么继续不甘于坠落中继续堕落。

尤其难忘的是母亲坐在床边看我新发表的短文，之后说的一席话："先把毕业论文凑合交上，专心考博士，考上就什么都好了。"

这世上，哪有一劳永逸之举呢？

做一些基础的学术探索，写几篇论文求发表，向报刊投稿发出一些文学作品，唯此无他。看似简单，沉寂着，又不简单。

我还害怕，以后的生活会更其艰辛。无疑，很多人已经告诉我，确实会如此。

租房、劳累、受批评、心脏承担惊吓与恐惧，被一分钱难倒……种种，依然可怖，但不足惧。

那些以工作与否确认成熟——非成熟，以做爱与结婚确认成熟——非成熟，以阶段论确认成熟——非成熟的界限，进而以自我那可鄙可怜的虚荣心挑衅着我们的人，无非是一般的浅见与无知。

没有理由和借口，没有——不能让路给他们走。

我似乎生来便没有充裕的金钱学习想学的东西。哭泣着被拉着离开美术班的时候，我心死掉了一次。第二次？没有了，死心过的人不会再哭。

反抗——绝望——再反抗——再绝望，终至于让反抗绝望成为常态。

好似任何人都有机会在我这里咬上一口，然后说，“他 × 的，这肉真臭”——他 × 的你们为什么不继续滚远一点儿——无须原谅我爆粗口，因为不是任何人都有批评的权利与理由。

看到他者的濒危状态，是否有敢于低身俯就询问安慰帮助他们的勇气，这是一种区别。

看到他者的世界荒谬之时，正是你难于介入之时，世界因人而层层不同。

然而贫瘠的境地，也依然不乏坚强的小花。我更喜欢野草的状态，鲁迅名之曰“不宽恕”的人生。

然而贫瘠的境地，依旧贫瘠。

难于舍弃，正如任何阶层都难于逃脱此阶层的宿命。

——“为什么狗不愿意此生为人呢？”

——“因为此生为狗，为鼠，为何物，都需珍惜。”

人所做的思考，无辩论的余地，均太个人化太主观了。

难舍的贫瘠终于会被普遍上升的生活烟尘扑灭沉底。

那是某种肉与土地的结合，是传统的覆灭，是个性的死亡和重生。

因此无可遁逃，命运，它来了。

第三辑　四季杂思

季节关乎心情，也关乎命运。
杂思与杂写，安安静静。

一个季节里的石家庄

心情好的时候，来石家庄，这座芜杂的城市有时能让你瞬间崩溃。

心情不好的时候，来石家庄，这里温暖的冬天，干燥的春天，蓬勃的夏天，金黄的秋天，都会让你的心情转危为安。

下午两三点的时候，偶然在石家庄的新石南路走着，抬头看着漫天的昏黄树叶随强劲的大风飘落，风急，睁不开眼，生怕进了沙尘。

每年春天要来的时候，还有夏天要到的时节，石家庄都会刮起强劲的风。我已记不得那风的风向，只知它很强烈地、毫不留情地将旧空气吹赶，也许就让它们升腾到天空中，飞到大气层之中，再也不骚扰这里的宁静。

在新石南路走着，走到了拾年咖啡馆。这家店在我看来，再经营十年，自然会名副其实地成为本土非常有名的店。它店面不大，甚至可以用狭小形容。我大约是 2012 年在现在这家店的北边 500 米处，第一次进入它的旧店，那时拾年咖啡在二楼。

我想，也许是一个雨天，我悄悄地走在了新石南路。小雨轻轻落下，在我的头上和肩膀上欢快起舞。那时我不经意间发现了拾年咖啡，正好我是很喜欢咖啡馆的自由轻松的环境，那么，这里自然成了我日后看书和会朋友的据点。

现在的我，坐在拾年咖啡隔壁的店——旧提咖啡，写下这些文字。旧提，在我的理解里，似乎有“旧事重提”的意味，或许，也有“往事不要再提”的意思。

春天的石家庄，仿佛一个多年未沐浴阳光的孩子，尽其所能地舒展着身体和精神。它像雨后的笋，不仅自然的风物蓬勃有朝气，楼宇也显得棱角分明有样子，人们一个个地似乎从大地洞穴里钻出来似的，换下雾霾天气里各种灰黑色调的外衣，着轻装艳服。在市区北面汊河岸边，常见全家出动的游玩场景。停下私家车，打开后备箱取出钓具，孩子欢快地奔跑，年轻的男人和女子轻柔地交谈。一个中午的时间，几条小鱼的收获，午间的野餐饭，烧肉、米饭、老白干、青岛啤酒、花生米、炸带鱼……仿佛一整个冬天的阴暗干冷都散去了。

石家庄地铁正在修建，工地上的工人衣着灰暗，或许不知什么时候出入在这个和那个工地里，我们却无法看见他们。他们是那么不起眼，以至于平日里不做体力活儿的人们往往“看不到”他们。

FM946 和 FM992，这是石家庄的两家交通广播，其一是河北交通广播，另一家是石家庄交通广播。春天开始的时候，我常常听着这两家广播，你方唱罢我登场，还有石家庄音乐广播和河北生活广播等频道，我开始喜欢它们。

那时我上初中，石家庄有一档深夜接热线念短信的聊天节目，叫作“夜航船”，似乎这档节目鼎盛时候，从夜里12：00到凌晨5：00播出，后来改作夜里2：00到凌晨5：00播出。这个节目伴随了我很多个春夏秋冬，当时主持人有三位，焦阳、林伟、春子。林伟的声音最富有磁性，我至今似乎无法叙述他对我产生的影响，因为毕竟由热衷再到间或听到，已经有十多年了。我在石家庄读初中时，他在节目里念读者写给他的信；我读高中时，中午12：00有他的音乐磁场；而今年1月初，好像没有征兆地，林伟在他最近的一档音乐节目《零点深蓝》里，自然地隐退了。我并没有见过他，照片上是长头发的，像邻家的大哥哥。他或许已近四十岁，而我也不知去哪儿再听他的声音，我指的是声音，不是节目。

很多年以来，我在春天的时候，在石家庄的出租车里，与司机聊起林伟的《夜航船》节目，想起那片头的“一条条发光蜿蜒的河流穿过这座城市”，想起我躺在床上蒙着被子听《夜航船》的时候，仿佛也听到如文人笔下那船桨“咄咄”的击岸声。这声音能把我的思绪扯了好远好远，扯到天边，直到睡眠。兴奋的时候我会参与，那时听到有“船友”（听友）与我互动的短信被林伟念出时，更是激动伴随安宁，心里非常满足。

这是春天的石家庄，不是我幼年的城市。

我幼年时，很多的时间是在县城藁城度过的，这是一座位于石家庄周边的县级市，或许并不能称作城市吧，然而它麻雀虽小，五脏也俱全，并没有因了属于县级市而缺少城市所必备的要素，公共公园，人行横道与斑马线，商场与超市，舞厅和路边摊……我在那里的时候，是我生命的最初十二年。我是小学五年级下学期随父母迁至石家庄市里生活，离开了那座北方的小城市的。

我不说它是北方的小城，因为它的确是一个城市，一个不大不小的，容我上过幼儿园、学前班与小学最初五年的城市。在那里，留有我和小伙伴们嬉戏于庙会之间，并玩着四驱车，看着动画片，踢足球、打篮球、打乒乓球的欢乐时光。

这时光让现在的我不安，我怀疑它们不够真实。那时的我，身体实在太小，年纪又着实小，曾被中学生抢了足球和篮球玩来玩去不还给我；刚学会骑自行车的时候非常兴奋，冲着树丛直奔过去没有刹住闸，嘴唇缝了好几针；临近春末的时候，知了猴从地里爬出来，爬到树干上，停留在树枝间，等待着蜕变成真正的知了，妈妈和我在傍晚走在树下。我忘记她是用什么方式捕捉到那些知了猴了，它们仿佛顺从地就被盛在了塑料袋子里。妈妈油煎它们，我却因为害怕它们“丑陋”的样子而不敢入口。

想起北国商城边卖着烤红薯的摊贩，安静的与争吵着的摊贩。

这座城市，终于在春末初夏时陷入纷繁，一切都慢慢变得更像夏天。

鸟儿在笼子里看着这世界

让我回想一下，2013 年 5 月 3 日，距离外公去世的时间，怕是已有两年了。他在病中依然笑意盈盈，未承想轻易就离世了。八十岁，糖尿病，算起来是 1933 年出生。印象里，他最喜欢在笼子里养鸟，喜鹊、八哥、画眉都养过，喜欢在清早到家门外的田地边练功锻炼，会打铁，一辈子以打铁和摆摊卖铁货为生。

昨日在回学校的路上，我看到有位农人担着两只笼子，内有小鸟各一只，安静地看着外面的世界，并不叫。

于是想到，人命亦如此。倘能自在翱翔，便不甚珍惜。得不到时倾尽心意去追逐，得到了反而容易满足，而失去了，才后悔莫及。

有时会想，我就像一只鸟儿，在羽毛未丰满时，却被戴上了紧箍咒，乃至可见的未来，无力翱翔。与外公相反，据说他年轻时上过私塾，学过《三字经》，真真有过一段快活的日子，而后才因战事从邢台避难到石家庄，并在此度过其后半生。我呢，在这二十七八岁的年纪，身体吃重，心意低回，并没有感到快活的能量。

就像我的一位朋友所言，她对这世界“充满彻底的绝望，但仍然抱有期待”。她有一股初夏来临之前的冰冷的宁静感。我想我也是如此。对万事万物抱持着既不主动亲近，也不过分远离的态度。

另一位朋友说，她不会去思考未来，只关注做好当下的事，看朝花，赏日暮，直到可以有转机的时候，她这座青山还在，就好。我认同这样的看法。如束如缚的鸟儿在笼子里，虽然没有当真给它拴死了，不自由却显而易见。笼子里的人亦然，这种对自由的失落感，并非全然源自城市结构的压抑，或源自人与人之间的淡漠关系，在很多时候，它源自我们与现实生活之间的隔阂，这隔阂出自内心的不妥协与不容忍，直到逼迫着自己无所适从。

鸟儿，花朵，绿色的杨柳，微风吹拂着大地，宿舍外游走的花猫安静地护佑着我们，我确实能感到这样是一种幸福。就像我可以随时看书，可以随时写作，可以经常锻炼身体，偶尔去礼佛，或者去教堂游览。这样的生活的确是一种幸福，一个人的早餐，一个人的写作时间，一个人阅读，一个人散步，乃至一个人生活下去直至死亡。我们的心里，恰恰并没有那么多无可名状的悲伤，而做到这一点，无非是让自己学着独处，并料理好自己的生活。看起来容易，做起来，比较难。

鸟儿在笼子里并不如在笼子外面叫得欢快，我所在的这间屋子如果也是一座笼子，那么我希望可以乐在其中，收获有限的自由，布置合适的观感，并将我的不快乐悄悄写下来，埋葬在抽屉里。人毕竟不是鸟儿，可以克制，而爱，便是克制。

与其和万物产生不可调和的矛盾，不如反求诸己，反思自己的生存经验，尽最大的努力展现美的可能性。想让生存压力小一些，有一种方法，就是活得再简单一些。

我和你永远走在不同的轨道上

刚才朋友微博里说，“扫地拖地，做饭摆菜，然后望着电视里的《失恋 33 天》，忽然就哭得不成样子”。朋友一个人独自离家来到成都，过着朝九晚九的忙碌上班族生活。没有人陪伴，一个人租住已经几个月了。和男友分手的伤痛或已减淡，此刻却又让她痛不欲生。

然而，生活还要继续。

有时候，喜欢用“我们”这两个字拉近和看文章的你的距离，因为我发现你们并不厌烦这两个字。我和你，本身就是两个人，对任何有余力独立思考、独立生活且告别依赖的人而言，两个人再怎样融合也不会合二为一——行动不一致，思想不一致，品位、工作、薪水等，诸多不同。

另外一对，吵架又分手，分手又吵架，然而，他们还是在一起了。

所以我和你，和大家一样，都是懵懂地度过人生最孤独的阶段，这阶段可能众叛亲离，可能无人嘘寒问暖，生活里无可倾诉，憋在心里的话仿佛一块块巨石。看着别人欢声笑语，想象着喜欢的人与他人卿卿我我，仿佛一切困难都来临了。

这不仅是一个度的问题。两个人能否在一起，在一起多久，并不是与相互间给各自的空间多大，或者与相互间的容忍度及地理距离长短有直接关系。就像朋友与我，我与朋友，可能始终会是朋友，或者，走一段路就分开了。

当我们分开后，忘不掉的曾经的欢愉，抹不去的曾经的经历，都会渐渐变淡。唯独那几句执念，或者一个深深的烙印，越描越深。

可是啊，朋友，我和你，永远走在不同的轨道上。

当我们（原谅我用这个词）每天焦头烂额忙于报账、整理表单、归档、查询等繁杂事务，每天下班都快 11：00 了，一个人坐车回家肚子痛了也无人关心，打开门一切家务还要自己来，每月领取微薄到可怜的薪水，偶尔有狐朋狗友凑在一起吹牛拍马歌通宵，可更多时候还是一个人，我们都快忍不住，要崩溃了。

不是陆琪，不是素黑，不是胡因梦或克里希那穆提，不是周嘉宁的《一个人住第三年》或青山七惠的《一个人的好天气》……我们做不到，我和你，都是航行在各自航路上的船，需乘风破浪，需披荆斩棘。

偶尔的深刻难掩日子的庸常，无法阻挡的时光飞逝，无可控诉，于是我们变得从不抱怨，变得安静，渐渐一个人懂得一个人的好。就像，《我今年二十七八岁》那首石进的曲子作配乐的朗诵，但也许你还不到这个年纪。

如果以我、以路人甲、宋兵乙的经历，以程浩和诸如他一样的坠落的星辰来对比，你或许会有一丝安慰，但我不愿意讲这些已经被现实重演过千百遍的真实桥段，因为在那之后是无尽的忧伤，因为没有自己走过的路，别人始终无法替你走。

如何是好？如何是好，如何是好……

安静下来的我们都会觅得自己的答案。这样的年纪，在行将融入社会巨浪之前被击打了几次，有的人倒下，有的人或可看到明天的太阳。可是，谁都说不准。

2013 年的 8 月 24 日，13：41，我在思考着，在石家庄，对于可能获得的不奢求，对于不能获得的不去想。随遇而安，随波逐流。我获得了一个安静的下午，于是我珍惜它，看书，写作。

无有公平，无有未来，我和你，只有当下。

5 月槐花香

5 月，背着一个挎包，走在正东路上。一步，两步。

槐花慢慢落了下来，一簇一簇，不知是洋槐还是笨槐。黄色的一小朵，缓慢而柔软地坠在地砖上。

我伸手去触那枝条低低地压下来的花朵，想嗅出其中的清香。

仿佛很久没有亲身体认这座城市的气息，她的体温，她脉搏的律动。

正东路上，一面高楼的阴影由南向北遮蔽下来，石家庄一中的孩子们下课了，在咖啡店坐一坐，一杯奶咖，一块蛋糕。他们欣喜于自己身体的成长，惊讶于内心世界的复杂变化。

5 月，错过了 4 月那残忍的季节，正是万物复苏的时候。

这是有风有雨，情绪容易波动的时节。

5 月，南方的部分地区进入梅雨季节。石家庄的雨季也不久将至。

淅淅沥沥也好，滴滴答答也罢，倒不会是七八月份的瓢泼，也不会像九十月间的清冷。

坐在咖啡店的时候，思维也慢条斯理，杯子上的一处纹饰，勺子触及杯子的声响，都让人小心翼翼。空间里的轻音乐弥漫，间或换作一两首新民谣，这个时候，女孩儿喜欢靠在男生的肩膀上，眼睛眯成一条缝。

不冷不热的季节，心里扑通扑通地小鹿乱撞的女孩，拿着画笔涂鸦猫儿的女孩儿，或是拨弄尤克里里的女生，都入了一幅优美的画卷之中了。

我抬起笨重的身子，仰着头，迈开大步子，接近那个可爱的咖啡店。

去那里的时候，我就像跌入了一个深渊。所谓安逸，在这城市的慢节奏生活背景下，更让人麻木。

选择一个大沙发，浅浅地坐进去，背朝门口，对外面的世界关上一扇门。展开手边的书，一读便是一个下午。

我也知道，那槐花是迟早要落下的，有人捡了去，做在枣面饼子里。孩子们的妈妈辛苦劳作，揭开锅盖的一瞬，香气溢满孩子们的心扉。随他们捡去吧，植物馈赠给人的礼物，从不因其在城市或乡村而有什么差别。

渐渐，雨停。天阴着脸，屋里开着灯。尤克里里的声音断续几下，不再响起；一幅猫儿的画作挂在了墙壁上；男孩拥着女孩儿，轻轻地睡着。

我缓步走到门厅，抬眼向外打量，细碎的阳光如白日空中的星子闪烁，只是比那夜里眨眼的星星多且明丽了。

我在 5 月的城市，寻到的这处安稳的所在，仿佛青春年华的一个稳定支点，时时让我舒展疲倦的身子。坐也好，行也罢，只要一想起时间还在静谧地流淌，槐花还在柔软地下坠。

阅读这件小事

读书，也算不得高雅，谁也可以读。读什么书，只要对其在思想上有助益，或提升能力，或陶冶情操，或让人从善，或娱乐消遣，皆是好的。

话虽如此，书也有好坏之分。这不仅是说，不同境遇自有其适合的书，而且书的内容品质也有一定的标准。读得久了，自然分辨得出哪些与自己的喜好相类似，哪些又有恶意甚至满纸荒唐。

读书是件小事，有时也须有闲。读书人的故事说也说不完。且不论汇聚读书名家的民间读书年会已举办十余届了，单说那关于读书的书，书评类，书话类，书人书事类，书店寻访记录类，就已经很有了些数量。

能把读书当作小闲事的人，大抵读些什么书呢？不一定，每人自有不同，但能有悠闲自得的心态，又有偶发所得的可能，便是在读思想内容高于自己的现有认知，却又不至于高很多的书了——唯其如此，读书才有趣味和思考在，需要深入才能了解其中堂奥，但又不至于莫名所以，丈二和尚摸不着头脑，看得一头雾水。

日常闲居，对民国文史颇有关注，于是就找了这方面的书来，胡适、徐志摩、梁实秋等新月同人要读，周作人、郑振铎、沈雁冰等文学研究会同人要读，成仿吾、郁达夫等创造社同人也读得乐此不疲。此外，也常翻看民国刊物电子版。

不管怎么读，电子书也好，纸本旧书新作也罢，或是一段微信短文，又或一篇纸媒的深度报道，皆是阅读。正如先前有人提倡的，把倡导“读书节”改作倡导“阅读节”，不乏洞见。

当下人们不仅读书少，更是缺乏深读的耐心，但踏下心来不唯功利地阅读，即便是利用好碎片时间，也依旧应成为不可或缺的生活构成。

县城的秋

2013年是8月7日立秋，当天下午忽然就觉得天气疏朗开来，晴空罕见地显得高远了。再往后过这二十多天，到了8月31日，一早一晚，空气都凛冽起来。设想没多久，天便更显得忧郁，夜晚的寒气会更加凝重。

记忆里的初秋时节，总是伴随着不久即到的中秋节。据传说中秋节吃月饼乃是一种起义的暗号，详情未知。但看这玉米在地里暗自生长，夏虫不久都熬成了秋虫，连蝉也不再鸣叫了，于是忽就感到时不我待，是该在生活里做出点儿成绩了。总围着母亲讨要月饼的日子里，一个是无论如何也按不住嘴的，接二连三，母亲却总也不嫌烦。小县城三面环山，记忆里的中秋夜晚，要点燃柏树枝条，一来驱蚊虫，二来驱邪气。但也许我记忆有误，现在已经少见蚊子了，苍蝇也近于无。

9月里是开学的季节，小伙伴们盼望着一道放学后沿河岸回家，却不是嬉戏。那还是20世纪90年代，在现在的叙述里，是消费主义和利己主义兴起的年代，我们却觉得无比美好。童年有人陪伴，有渐渐变红变黄的枫叶摇摆，有小个子田园犬伏在临街农户的门前，一声不响地忧郁地注视。走啊走啊，真不想结束这放学的路途。我问你家在哪儿住，他问她为什么能上课积极回答问题，相熟的伙伴一起在亭子中央的石桌上做作业，还要防备看院子的大叔随时找来驱赶。然而，他总不会打我们，至多不过是远远地喊一句："谁家的孩子？快走！"

晚饭会在母亲一声招呼中到来，而那时的父亲常常披星戴月地回家，有时从兜里拿出一把香蕉，或是一袋饼干，又或是一包巧克力面包，香甜诱人的味道让我急不可待。然而，我是会等待的，等着他拿出适合这次晚饭的量，而不是一下子吃光。平常人家过日子要精打细算，每一滴汗水换来的回报都要珍惜，这样的教导恐怕在一些富贵人家看来，显得寒酸了。

河水是依旧静静流淌的，直流到冬季 12 月或者来年 1 月，华北平原的小河流才渐渐结冰。在我们班上，班主任教导有方，同学都听话，从不到河冰上玩耍，那是危险的。午休也是我们的习惯，提议午休的是我的母亲。因为初秋还是容易疲乏，班主任也非常赞同，向大家倡议起来。午休会做梦，我能梦见河水破冰了，鱼儿一个个像园林池塘里的金鲤鱼那般大，争先恐后地向我停在河边的小船游来。我不知怎的抱起了一条金色大鲤鱼，欢快地朝家走去……但再往后就无从知晓，既不知是否做了鲤鱼大餐，也不知是否将它养在了家里的鱼缸里。昏昏沉沉中，醒来喝一杯凉白开，就又打起精神看书。

北方的秋天是敞亮的，蓝色的木刻般的天空映衬着一条条凌厉的枝丫，偶尔落下的树叶旋转飞舞，落在我身上和脚边。我从不肯轻易踩踏，还会捡起一两片青绿色的，放在书本里压平，冬天时套在塑料透明薄袋里，书签便做成了。

虽说少年不识愁滋味，但真正理解秋天时，大约都是在少年时代。秋天能在学生们刻苦学习之余带来一丝欣慰，给收获了喜悦的孩子们鼓励，给暂时失败的孩子们安慰。成绩单发到家长手上，有的长嘘一口气，有的重拳落在孩子胸口。这个季节会发生很多人生的转折，但每一个转折都应该认真面对。在渐次的成长成熟化作果实的秋天，不完美中暗藏着某种值得珍视的东西，青春仅能一次走过，且行且珍惜。

秋日午后安宁

此刻，我在秋日安宁的午后，想起山东大学那风蹿过树梢，留下洒满地砖的碎银般的日光。

低头看去，午后的桌面上，沉积了不知谁的细碎发丝，键盘没有噼啪作响。

想来，似乎许多时候，无奈的等待总也无法避免，想成就一次，就要付出坚韧的期望。

我办公室的桌旁摆了些书，无法平息内心的波澜时，我选择读书，三五页十数页过去，不自觉地检视自我，反思，反省，开始沉淀累积。

这个下午和往常一样宁静。

仿佛我们，我和很多人之间，很久以来，终于找到了对彼此都合适的相处方式。太过独立而无法接受对方时，恰恰是内心没有留出足够的容忍和温柔。

也许，某一年的某一天，每个纠结过的人都会释怀。天空恢复湛蓝，大地恢复宁静，偶尔一架飞机冲坏了“棉花糖”，划出自由的直线，那就是希望吧。

秋天，皮肤的由冷及热的变化，让我在这安静的午后，感到时间流逝。不是钟表嘀嗒，不是水流过身体，不是张开五指时穿越指间的风。

阳光正好，空气温柔，雾霾还没有散去。

偶有一夜，梦，见一短翅老鹰，踱步行走，问它为何，忽哭醒。醒来难抑哀伤，许久又昏昏睡去了。

黎明时分，幻海风铃，清净作响。苍茫夜色中，我踉跄入一洞穴，不多时，豁然开朗，只见高朋满座，推杯换盏，灯火辉煌。忽忆蒲松龄名作《河间生》，亦有狐侠之士。几百年间，究竟我是谁，又在何方呢？乃心生怆然悲痛之感，高呼咒骂之语，不自觉已醒来，泪满枕巾，床头灯，也已不知不觉间，灭掉了。

尼采有言，真正的成熟，应当是独特个性的形成，真实自我的发现，精神上的结果和丰收。也好，我就要真正的成熟。

午后，就让往事随风。

看一个未曾交集十年的朋友渐至远方

这个夏天的很多时间，我都一个人独处。就像那天下午，一个人坐 38 路公车，到裕西公园散心。然而，并没有一丝一毫玩儿的心情。周围尽是些小孩，以及不得不带孩子来这个公园里游荡的年轻父母，甚至老人。

那些长椅上漂亮悠长的大白腿晃晃荡荡，可是旁边的男人显得又很猥琐，连拥抱的姿势也不禁使我觉得不安。合抱的梧桐树在盛夏绽放它的叶子和枝干，给我一些安慰的是，卖冰糕和烤肠的人一直立在店铺里，笑眯眯地看着外面，直到我去买了两只甜筒，千篇一律千城一面的甜筒。

我在这原是石家庄西郊动物园的裕西公园里游荡，连自己都觉得兴味全无。但到底何以至这种每日每夜兴味全无的局面，进而色和味都难以再勾引到我，却是自己也不知道的。感谢我还没有沦陷到做一个小贩，还有家庭的庇佑和研究生的身份，可这又算得了什么。无所谓的城市和无所谓的地方，只因没有喜欢的感觉，一朝沉落，便不再有任何喜感，不希冀任何激情与梦想，虽然这是叫作冀的地方。

那天下午我想起一个人，他是我小学的好朋友，今年 9 月 20

日——农历八月十六要结婚的芦笛。

第一次问他的名字，是卢还是芦，那时我们在读学前班，还不知道很多字，我却在怀疑有没有芦这个姓了。问他，答曰有的。再问他能做好朋友吗？他说可以。于是我们一起上下学一起学习一起玩，很久很久都是最好的朋友。可是年少的时候就像一个朝三暮四的人，这会儿和这个好了，那会儿又和另外一个玩上了，很少固定，然而我和芦笛的友谊却延续至今。

离开生活了十多年的藁城奔向石家庄市里的时候，我十一岁。我并没有去和他单独道别，因为急着要走，兴奋的父母拉着我笑着流泪。也因为我们都是男孩子，甚至是男子汉，从来不懂得分离的意义会这么久，久到十年之后我再回到藁城见他，时光荏苒，见之如故。

后来，和少年时代许多人的交集，是在“缘分”这个 QQ 群里发生的，这是我几经周折建立的。然而，我已经不是那时的我了，你们也不是。

和芦笛上一次见，是在市里原来的人民商场（现在的新百广场）门口，我们去旁边的中式快餐店吃面，不知说了什么话，却记得几句“这社会就这样”“房价……”“对象怎么样”“……”最后的话，就是各自低头吃饭，各自无话。

不知道相隔十年的恋人再聚首会否回到过去，变化了身体、精神和境遇的十年未见的伙伴，却再也回不去。当我在 QQ 上听他说要结婚的消息，一阵错愕。短短的一两年间，已到了婚娶的地步。

也是后来，我发现自己再也不会经常想起他。想不起的，还有曾经生活了十余年的城市。

我和不少同龄人，都是城市的飘零人。城市里巨型建筑之间发出的巨大轰鸣声使我崩溃，使我手足无措的还有每日在其中吃着盒饭的人们，我和他们一样都为了前景奔忙，却看不到前景似的。

城市里车水马龙的喘息声在早晨和傍晚，给人刺骨的不安，所以我宁愿在屋子里却不愿再出门。

这座城市和那座城市之间，这里的郊区和那边的郊区，似乎连成一片又被人为割裂着，具备一切灰暗色彩和破败因素的城市郊区，具备着人性模糊地带的不安全感，使人压抑，更使人从脚跟到头颈都面临窒息。

随着手机的振动声，我知道又一次的电话骚扰到了；晚间看《玫瑰人生》，再晚些时候把梁文道的《常识》常识性地阅读一遍；然后呢，读《故国人民有所思》。接着，就是 Songtaste 网站上 Tomi Enn 的暗黑清新系列的推荐歌单，一首首地听。

白日拖延着不肯拖动沉重的身体背着吉他跑半个石家庄修理琴柱和琴弦，直到夜里背了一遍 GRE 中几个 List 的单词，画出一幅看不过眼的素描构图，然后……在开着空调的屋子里昏昏沉沉地睡去。

我能听到的最多的也最具安慰性的话，就是“加油”。近来夜里常常梦话说出吵架时才会说的话。

真相就是这样，一旦我们看着一个十年都未曾再有交集的朋友，出落成一朵奇葩，或者变得英俊潇洒，即将在那高档酒店上演华丽的新婚演出时，我们就如坐针毡般地，不断提醒着自己，安静，安静，却安静不下来。

真相也还有另一种表达。我们都像奔着那好吃的骨头的狗，骨头在前面走，我们就奔着，奔着。

谁还提理想不灭呢？理想已经灭了，然而我们发现没了它并没有什么。日子继续，生活照样过着。我依然可以伪装文艺喝着一杯卡布奇诺在冬天的咖啡店望望窗外，想象自由，并给自己多一点儿可能性。我依然向往稳定的朝九晚五，直到某日，被禁锢的头脑真的来一次风暴洗礼。

只是这十年光阴倏忽即逝，没有几次了。

慢童年

北方的县城的夏日夜里，若是在家属楼下或附近，有一处单位收发室，倘收发室里还有一两位爱下象棋、偶尔抽烟的老人看门，就容易见到一拨小男孩，他们或是用手摔着四角，或是摆弄昏黄灯光下壁虎逃脱追逐时所掉落的尾巴，或是趁着明暗恍惚间站在凳子上偷摘藤架上的红葡萄。但种着西瓜的院子是不敢去的，一是西瓜目标太大，怕偷了被发现；二是心底基本的守则还是有的，尤其是这群纯朴的孩子。

我就是这20世纪80年代末出生在县城的孩子们中的一个。在我上小学时，学校要求不攀比、讲礼貌、尊敬师长、刻苦学习等，如果学期末在小学生手册上有班主任的表扬性评语，如团结同学、学习成绩优秀、助人为乐，那即使是带着一册子《暑假生活》回家，心里也不会因为作业多而烦躁了，期待着父母给做更多好吃的或一家人出去爬爬山、逛逛公园的心情，使大家像一只只夏天的雀儿，争相奔回家中。这之前，相熟的小朋友会约定尽快写完假期作业，之后一起玩。但倘若仅得到热爱劳动的评语，便不会那么开心了，就像家长们喜欢孩子当学习委员、班长而非当劳动委员，一个道理。

想起来，那时所谓的出去玩，也是需要一些“资本”的。带上家里父母给的五元钱，就是得了个大票儿了。

平日学校周边的麻辣烫、炸串、糖稀等吃食，或是编织绳、四驱车、机器人模型等玩具，种种选择都因了这五元有了一定的可能性。倘这次钱没带够，便选择别的更低廉的，或省下日后再来。比如四驱车，20 元一辆最常见，自己组装。

我的第一辆四驱车配合着当时热播的《四驱小子》动画片，买回家里偷着装好，很是喜欢，却没钱再配置金属龙头凤尾，只见它马达嗡嗡，一下子撞在客厅墙角，车身坏了一角，甚是心疼。

爱读书的孩子带着这 5 元钱，可以在家附近的书店做押金，借走一本价格相似而不会多于 5 元的书，日租金五角，再返还时交上即可。

我小学时学画画，就借了好多次《龙珠》《机器猫》学着画，以至后来萌生过想当漫画家的念头，却在学素描的初期就发觉，不学好素描是万万做不成漫画家的。

那时常见大人们在小书店里站着看书，没什么人的时候就和老板借个凳子坐着看，说是大人，也不过高中生；书店也不似今日这般不景气，常见百余米内就有一个个小书店，既卖教辅，又有人文社科类的著作，却非今日许多独立书店一般卖着饮品。

这些散布在县城各处的家属院往往随着单位的存在而存在，单位的收发室更是成了男孩子们和女孩子们游玩的安全场所。那时，大人们在工会广场跳着交谊舞，女人们夜里路灯下跳着扇子舞，年轻家长带着孩子在夏夜路边一起守着电视看《还珠格格》，男青年打着台球，喝着啤酒唱路边卡拉 OK，孩子们吵嚷着要吃烧烤，直至县城的电影院在 20 世纪末一座座消失，这种连三线城市也算不上的县城惬意生活随之也宣告结束了。

如今的北方县城也变得千城一面，或许那种惬意的生活只在孩子眼中还存在着，并不断更新着新的花样。坐公交偶然听到一小女孩问她的奶奶：你知道“小四”是谁吗？我于惊讶中匆匆下车，急忙赶去乘坐回省城的巴士了。

无可无不可的日子

大概三五年前，我告诉自己，愿意到北方的一个小县城，有自己的一间卧室，一间书房，有厨卫，楼层不高，可以爬上去。周围有一些好友可以常相来往，邻里和睦相处，都有合适的工作。我希望自己能生活在那里，弹琴，写作，画画，经常跑步。有不大的菜市场，有晒太阳的老奶奶，以及她手掌上的小猫，就这样。

就在这样的小城里，下雨的时候听民国时期的曲子，晴天就到阳台侍弄花草。不明不暗之际，安静读着哲学与文学的书。比如，我掀起一本书的书角，周围的人会觉得我温暖。不凌厉，不刺耳，不夺目。比如，走下走上楼梯，都有轻轻的脚步声，夏天能看到邻居在吃西瓜，乐呵呵的，冬天能感到整栋楼的温热，不冷。

2015 年元旦一过，我就要二十七岁了。二十七岁，其实并不算什么尴尬的年纪，尤其是自己也不觉得尴尬的时候。那篇配以石进的《夜的钢琴曲》的文字《今年我二十七八岁》所言不虚，但真正当我走到这个年纪的时候，却不觉得那样的语句再能打动我多少了。这篇文字具体的语句已不记得，其中大意似乎是，高不成低不就，每日吃着豆浆油条，过着努力却不得收获的日子，每日被梦想叫起，却不再幻想和不切实际——一切看似向着应然的方向前进，却并没有为自己的现实处境带来多少实际的改变。

其实，我说人啊，在二十七八岁的时候真的是依旧容易幻想。即使是所谓非常现实的男女，在这个年纪依旧有着难以抑制的冲动和无法自拔的理想主义情结。

2007年前后，我看到四川美院拍摄的一部短片，名叫《我的奋斗》，其中讲到一位向往大师的年轻美术系学生，即便在操场放肆自我，却还是被当作先锋行为艺术而没有挂科地顺利毕业。当他走出大学，在朝九晚五的狐朋狗友吃喝之间，他似乎明白，“这就是大师吧”。

而我，既不像《我今年二十七八岁》里的奋斗着的年轻人，也不像《我的奋斗》里的男同学。实际上，我已从一家报社的编辑岗位辞职满一个月。

这一个月，也使我想了很多，关于爱情，我期待的是什么；关于家人，我能给他们什么，何时便不再索取；关于未来与过去，虽然过往的回忆似乎迷人，我却在尽自己的最大可能对未来报以期待。我不得不这么做。当我想在一处县城的城区安定下来时，我想到的工作，依旧是媒体的编辑。

我愿意在这个县城的不大不小的报社（如果有的话）里做一名文化副刊的编辑，白日编辑来稿，回复读者来信，夜晚将第二天的稿子上传。闲暇时间读自己要读的书，除却哲学与文学，我还偏爱民国文化与历史，及民国文人行谊与书信、日记的互相印证。就这样，每日做饭给爱人吃，如果她也愿意与我在这样的小城里生活。就这样，看日暮日出，清晨赏花观鱼，午间睡觉休息，夜间自斟自酌。生活并没有不可避免地滑向庸俗，庸俗了的是我们，不是生活。

那时候，我再也不会向往北上广（实际上我从未期待过这样的超级城市能为我的生活带来什么彻底的向好改变），我也不会期待丽江或西藏，不愿去法国浪漫或意大利与希腊。我将在自己的园地里安静生活。

对，安静生活，弹唱的是旧时歌谣，它们或许在 20 世纪 90 年代颇为流行，绵延柔软；画的是素描、水粉、油画，而不是颜色明艳可人的水彩，因为水彩，实在是应该与极简风格和快速高效的都市生活相匹配的。

在这座并非边陲却也并不时常被人记得的小城里，我写一些毛笔字，傍晚看大娘大叔跳广场舞。

也许就像万能青年旅店唱过的那样，“如此生活三十年，直到大厦崩塌”。那么，大厦会崩塌吗？我想不会的。即便整个社会变了模样，我依然有自己的文学在，有自己的书房，有自己的园地，甚至是，有自己的一门可以养活家人的手艺。

三五年前，这样的想法，在今夜更加深入地击中了我的视界边缘，使它显得有模有样，不再虚渺。

我相信，会有那么一段时间，我愿意在这样的小城度过还算年轻的青春。或许是平遥？或许是不大知名的延津、武安、衡水、沧州？管它呢！

记得 2013 年底，我与九月姐在平遥旅行时，先后见到的专卖 CD 的“文子的店”，文子很和气，似乎也不羁。他的门后墙上贴着一张字条，写道：“去他 × 的远大前程。”

信仰生活的时候，我便已然有了属于自己的远大前程。

第四辑　想象自由

思维的乐趣在于自由。

一座城市里的乡愁

我在石家庄生活，已经有二十八年了。在这些年里，有记忆的时候很多。那些记忆仿若一封封手写的信，常常在梦里被我发现，找来翻读。我发现，记忆里，来自这座或那座城市的人，其实没有什么本质的区别。他们都被统统称作“城里人”了，与之对应的，是“乡下人”。我不确定我是哪种人。

虽然“城里人”的意涵在不同的人眼中差异可能巨大，比如贫困山区的农民可能称小县城的居民为城里人，但显然，在更严格的意义上，“城里人”更类同于“城市里的人”，即“市里人”。

而能称作“市”的城市，便不再包含那诸多的小城镇了。不知出于何种原因，没有被称作“城里人”的时候，我是不情愿也不自在的。而被称为“乡下人”（更粗俗的，如“乡巴佬”），则是我生命里发生过的事情，这事让我不安而惶恐。

在石家庄，在青岛，在南京、郑州、济南、西安……我走过了一些地方，生活过，或短暂停留。在我到过的这些地方，它们的火车站，它们火车站上的摊贩，以及在它们的交通线流浪的人们，甚至在更广阔的范围里，在这个国度与那个国度，任何无家可归的或暂时无法归家的人们，都散发着浓郁的乡愁味道。这是不一样的感觉，每个人提供的乡愁滋味都有所不同，但那思乡的神态与倦容，又能让我一下子在人群中将有乡愁的人挑出来。

余光中先生的《乡愁》里写道，“小时候／乡愁是一枚小小的邮票／我在这头／母亲在那头”。那些拥有乡愁的人，就像被印着邮戳的载有邮票的信，它们一封一封，向着家乡的方向。有时走很多路，有时走很多年。很多信到了收信地，却没有人收，还有的，最终也没有到达。那些没到达的，是被弄丢的信，丢在天涯海角，或许，他们那扣了戳的邮票掉了吧。

在石家庄这座拥有众多外来人口的城市里，更剧烈的思乡愁绪或许是发生在那个梦幻般迷人的 80 年代，那个时代被覆盖了层层叙述，因而也是被有意无意地遮蔽的。我是 1988 年出生的，整个 80 年代的思想风潮，没有给我留下什么记忆。倒是 90 年代的许多场景，让我发觉，这个城市的许多角落、不同侧面，竟也散发着乡愁的味道。比如推着双轮推车走街串巷卖杂货的人，比如“磨剪子抢菜刀”的呼喊声，那时的城里的宠物狗不如现在的多……它们各自的声响似能穿透时代的铁幕，将现在的我拉入过去的回忆里。这些乡愁的味道一次次击中了人们的味蕾，以至于当下的人们都热衷于向前看，而不再有承受力来翻看旧日的相册。它们真的有股魔力，让人忍不住看一眼，又忍不住流出泪来。

在石家庄的老石家庄人，基本上也说不出什么石家庄的典故了。较知名的大石门、大石桥和正太饭店，虽然矗立在风雨中，又能有几人言明他们的历史？这座城市是没有历史的，是一个众生相的集结，也是板着的一副常人面孔。这面孔从那千篇一律的楼宇建筑风格中，从公园布景的灰暗单调里，从城市上空似乎永远弥漫着的雾霾中，都能找到它的物候品格。

我也知道，这些品格并不能全然代表石家庄的历史风貌与当代景观，因为毕竟这里的污染与芜杂不是由近些年的事情简单造成的。然而，这些品格也独立于其他北方城市，因而带有较为鲜明的石家庄特征。

这里的摊贩很多来自东北，操着东北口音，出租车司机亦然。如果说这一点在其他省份也常见的话，那这座城市里的人们相互之间互认却不全然相同的口音，则更能表明此间的市区人，多是来自周边郊县的进城者。

其实，真正的旧日城市贵族，在石家庄已不存在了，或者说，不仅在石家庄，在更多的大中城市里，经由种种历史的风波后，已不复存在了。

这座城市的乡愁，往往于万千日暮霓虹里见到，它们华灯初上，你我踽踽独行。这里的乡愁，又于散落在城市各街区之间的大小公园里觅得，它们周身散布了无可名状的寂寞，只等路过的老年人偶然发现角落的落叶，“哦，原来我们都老了”。

一座城市，还没有发展得很好，已经老了。当它陷入回忆的巨大迷雾和现实的无边雾霾时，它的确已苍老。

这里的人们流云密布般来来往往，却从未因了这座城市而作太久的停留。它是最具幸福感的，是低生活成本的，但也是无奈的，是悲情的，是千篇一律的乏味的。

我于这里觅不得原乡的感念，似乎目下四野的人们也只在找寻。他们在找什么？我又在找什么呢？找老照片，找旧时人，找一切可能惶恐不安的避难所，找一处容纳悲伤的大沙发，找一个防空洞，人们在里面躲藏，以免流了眼泪的面庞被太多人看到。

这就是石家庄，这就是这座城市里的乡愁。

结网人间

寝室洗手间的近地面处，偶然发现一个小动物，原来是一只蜘蛛。它时而摇摆，时而站定，会沿着分泌出的线滑行，那不似是游玩，它的寿命不长，那应是在结网，好捕捉其他虫子，进而让自己也安度余日，最终获得重生。

从不杀生害命，对虫子和其他动物，我常怀了一万个小心，不去伤害它们。倘路上会有虫行动，我一般会绕开。假使以后自己有了孩子，我也希望他可以随我，这么做。

蜘蛛这两个字，我觉得很好听，去掉虫字边，便是知和朱了。我并不深入了解蜘蛛的习性，但想来人如蜘蛛一般，都要结网人间，或是利益得失之网，或是防坠保全之网，抑或不得不有所结网。然而蜘蛛常独行，它有能力自主生活，人却要两性相随，要群居，要杂食。

想那未来有一天，我能独立如这一只小蜘蛛了，任风雨吹打也能扛住了，便会有另一半的到来吧。那时的我，不再做作，不事张扬，沉稳而低调的日子会如流水静静淌过。

其实，结网人间尝着烟火味的，依旧是这些劳命的蜘蛛，和芸芸劳力之人了。

音乐，美术及其他

世界上，人各有不同，从情志、性格、脾气诸方面都不同，更不用说外在可见的学识与面貌了。即便在石家庄这样的城市里，也是千人千面。正因此，每个人的局限性也是可以预料一二的；但也因了局限性的存在，才有突破的可能。

以美术和音乐来看，许多人是无法成为大音乐家、大画家的。这不仅是天赋使然，更是与后天的教育培养有莫大关系。

喜欢画画的人，可能自幼就将这件事作为爱好，年龄稍长，或作为毕生的志业，而这也仰赖儿时的耳濡目染。

我也是自幼酷爱美术，整天拿着纸笔涂鸦，遗憾的是学到初中便无力继续。这些年，常常见背着画夹子、提着颜料盒的男生女生乘清晨的公交车。明媚的阳光洒在他们清澈的眸子里，又洒在发梢，晃动着的，都是青春和可能性。

所以，当昨晚我在正东路一家咖啡店，见到画了墙上那幅猫儿的女孩儿，在拿着铅笔画人体结构图时，竟不自觉地感到美好。她的乌黑长发，她的安静不张扬，她沉静的面庞，正如店主姑娘所言，是“专业画画的”。她周身散发的那种“优越感”，丝毫没有让我觉得不适，我感到自己没能完成的美术理想，在他人身上不断生发，依旧可以为这个世界增添美丽色彩。

再说音乐，喜欢吉他的人，比如这家咖啡馆的咖啡师陈兄，昨晚一个人抱着吉他，不断练习爬格子，左手爬，右手拨弄琴弦。那黑色的吉他还不到 500 元。他很聪明，从面相就可见出股子机灵劲儿；他学起来也很认真，手眼并用。陈兄在弹琴之余，还喜欢摆弄摩托车，喜欢旅行。虽然即将研究生毕业，但已经有了咖啡馆工作经验的他，还有着不为人知的许多神奇经历。

其实，不只是音乐，也不只是美术。生活中，倘肯留下一副发现美的眼睛，那民谣歌手吟唱的“诗与远方”便经常可见，它们不仅是 CBD 楼下卖唱小哥和公园 5 元一幅为人作画的姑娘所代表的，它们还是心灵的美好状态，是轻盈可感的。人们可以经由这些美丽的日常，来抵抗一些虚无感，抗拒那虚伪又拧巴的东西。

然而，我记得诗人臧棣先生说过一段话，大意是，在诗作里，倘能寻到自由，那也是美丽的语言的自由，而不是其他什么。诗乐画同源，由此看来，欲以音乐和美术抵抗什么这种说法，本身是站不住脚的。

也许，做一名批评家的价值与做一位音乐创作人或画家的价值是不同的。大多数人所能期许的，就是在美术与音乐方面，先有深入涉足的过程吧，至于可能的结果，不是期许所能左右的。倘能在努力学习艺术的过程中，有所思，有所得，那就再好不过了。

旧日时光如琥珀

回忆是有的，有的是。那些泛黄的存储在地下室多年不见天日的书，那只流浪了许久，我猜是有一年了吧，耳朵都掉了一块的猫儿，那把雨伞，龙骨都已破裂的雨伞，和一把破破的白色木吉他。我用了一天时间去发现旧日的记忆，泛黄发光的记忆，在地下室在书房在卧室流连，一点点整理思绪，仿佛夏日的松柏树干上的琥珀，它们纷纷而来。

早餐是我给猫儿阿黄准备的，叫阿黄是因为它全身黄色，耳朵又缺了一块，叫阿黄好养些吧，体贴的名字，它会喜欢。我们在下着雨的天气里，我抱着它从温暖的被窝里爬起来，简单做了吐司面包，抹了黄油酱，给它一碟牛奶和一片生鱼片，我则还有一份沙拉酱拌着昨夜吃剩的意大利面。我安静地吃，一点儿一点儿送到嘴里，它陪着我。自从你走了以后，就只是它代表着你存在过，只是不知哪一天，阿黄又要跑丢了。窗台打进了一些雨点，我不介意，它也不介意。屋里有一盏白炽灯，各种书都很多，今天要整理的。

吃完早餐，“走，阿黄。我们一起。”

我和它去了地下室，因为我知道它可能喜欢阴暗的感觉，或许会发现老鼠，或许是它曾经叱咤风云般的节奏，都响应了这里的环境。在我二十三年的时光中，最早读到的记忆深的书，是《学习的革命》，这本影响了当时一大批学习者的书，现在翻来，只觉有些空洞且大而无物。更喜欢的，是叶嘉莹的诗词鉴赏类的书。在书架的最上方，有一排古典文学的书。翻翻发现，《三国演义》《水浒传》《封神演义》之类，占了一多半。想来小时候净是看着这些长大的了。

地下室很狭窄，一如我在南京居住过的那个，早晨打开窗，看着穿透乌云的光线，于是“美好的一天”这句话，就总是自己对自己说很多遍。而我国的地下室，居住的岂止各种北漂、南漂？天南海北的各色人等，想出名的或暂时安于现状的，住地下室的不在少数。可谓形成了地下室文化，也不为过。我的地下室有着木头制作的简易书架，我用一把把的铁制小书夹夹着快要放不下的书，从小学到大学，真正算得上认真读书的时光并不多。我翻开一本初中的日记本，精致的封面感觉和压抑的内容，一眼扫过便是诸如好好努力，加油学习之类的话。我惶惶然，原来自己竟然一直在这样子的麻痹中度过了这些年。加油和努力是应该落实到行动，而口号的作用无非两种，一是提醒，二是使你麻木于提醒。

阿黄在它的宝座——一个蒲团上，眯着眼睛，似睡非睡，我不会去打扰它，就像我一开始就没有准备去打扰它，而它却在那个下雨天一直跟着我回到我的家里一样。爱猫之心，或许人皆有之，于阿黄，我更甚。漂泊的猫儿和一个半土著的居民，对于未来一样的未可知。我依旧整理我的书，把它们一一归类放好，一一擦干净，翻开看一眼，再叹口气，合上。我知道过去的已经是单调的时间和人生，即使再轰轰烈烈于现在也无感觉。之于未来，更是缺乏意义。可是阿黄的一声猫叫，“喵——”告诉我，它醒了，是的，我也该走了，去吃午饭。

我抱着猫儿，另一只手拿起我喜欢的缺了一根龙骨支架的花雨伞，慢慢踱进了雨里。在别人，在屋里的人看来，这是一个平静乃至平凡的小人物和一个可怜的小猫物的命运。

“我们去哪吃呢？”“喵喵——”

猫儿的意见我不会懂，只是起得晚了的早晨，已经被称作了中午。我花了大约两个小时在地下室，却一点儿也不觉得闷。可以想见，那些旧日的书会感激我吧。在刚才的翻腾中，一个琥珀样子的东西从《伊利亚特》的书页里掉了出来。还记得是上小学的时候，我将一只叫不上名字的虫子尸身残忍地送进了这块从大树干上剥下来的树脂中，它以后就会成为晶莹的琥珀。

我们继续走。我记得有人说过，旧日时光如琥珀，布满忧伤的裂痕。这枚琥珀应是我念中学时放入了书中，忽然想到此，身体一阵颤动，好热的一股暖流，中学又有什么意义呢？时光已然10月，却已似冬季，热腾腾的拉面馆，会否有适合阿黄的食物呢？你呀，一只鱼骨头可以了吧？

冬天的感觉对我是异常强烈的，我会坐在树下，摆弄我的白色破木吉他，虽然它旧，也是我心爱的宝贝，没有之一。冬日的阳光会穿透疏林，慢慢泻下，在地上形成树影斑驳，一个个小圆点，仿佛我幼年用玻璃片打在墙上的一样。抱着吉他坐一下午，弹一些简单的歌，或扫一扫简单的和弦，如果那个人没有出现过，没有出现在我的生命中呢？猫儿，如果你也不曾出现在我的生命中呢？

我会不会，一个人回到家乡，终日郁郁，甚至想到死亡。想到死亡的人，都不够坚强。

“来，给你一份鱼骨，不要闹了。”猫儿安静地吃，我才会放心，依它的年纪，医生说还有五年。好吧，还有五年我是守着一位老年猫在生活吗？

“先生，您还想吃点儿什么？”“不用了。”猫儿饱了，我也是。它饱了以后就不会嫌时间过得慢，而我则相反。

出玄关，步入依然有雨的中午，我不知道去向何方。是要摇滚，还是要绘画，还是其他？

“去做一件想做的事，挣些钱。”我想，阿黄，你也不喜欢游荡的生活了吗？

我感到无边的自由，于是，就放纵到想要去死亡。据他们死过一次的人说，当你跳下的时候，会觉得离天堂很近，当弥留之际，会觉得离它很远，而离破败的地狱很近。我家乡下的园子也破败了，那里，广阔的农村被城市包围。于是只有书里有些美好。琥珀琥珀，你告诉我，旧日时光是否如你一样？

老铁匠

小县城里经常出摊的老铁匠已有好多年没有打铁了，我估摸到前年他八十多岁去世，有七八年没再拿起锤子了。

年轻时，健壮的老铁匠几乎每周要打铁三四天，每天在风箱前汗流浃背，不到半天工夫，就能做出铁锨、锄头、耙子、镰刀等农具，和菜刀、勺子等家伙什。我曾在寒暑假帮他拉风箱，看着他将生铁烧熟，再放入水中淬，刺啦刺啦地冒着热气。据说他在工厂里跟过师傅，学了这一身本领，随着厂子倒闭，他自己整起了一摊，寒来暑往，自打自卖也得有三十多年了。

然而，人总有老的时候，他也老了，干不动了，人也变得越来越瘦，像是比青年时缩水了，骨节突出，皮肤也松垮了。那七八年间，常见他一个人坐在西屋里用紫砂壶喝菊花茶。从每周出摊两次，到两周一次，再到一个月也不见一次，间或有老顾客来问：“怎么没见出摊啊？”他就笑着答：“下次，下次就去。”然而来问的人也渐渐少了；他每天吸的烟，从早期的兰草、荷花，变成石家庄牌，直至后来的钻石烟，数量也从一天一盒降到一天两根；养在笼子里的鸟儿也减少了，院子里的无花果不再枝繁叶茂，甚至到了夏天不再结果子，他也抬不起手挂鸟笼，到最后，连早晨出门练功的力气都没了。他慢慢悠悠一步一晃地出门买菜，再慢慢悠悠地回来，瞳仁变得灰白，耳朵也听不清我对他说的话。到后来，每日竟来不及做三顿饭，炉子里生的火经常就灭了。

这就是我的姥爷。在众多偏远县城里，一到赶集时，就可以见到这样的老者推着铁器小车，摆在不显眼也没树荫遮蔽的大树下，喝着茶，聊着闲天，有时没顾客了就和旁的人下上一盘棋，做生意实诚不欺生，远近小有名气，不到一天就能卖出好多。

我曾向二舅建议，要他负责管起姥爷的吃饭，毕竟姥爷是临着他的东屋住。但姥爷既是一辈子打铁的汉子，又有着如他做的铁器般硬朗的性子，从来看到我和二舅言语，就走过来用双手拨开我们，说："你们又想怎么着啊？我能行能动的，不用你们管。"

多年前，我刚记得些事，某天早晨姥姥用小指和拇指，拉着我的手去买油条和豆腐脑，两毛一根的大油条，我未及回家就偷吃上一根，那放着香菜、榨菜丝的豆腐脑更是美味。可没过多久，她竟因胃癌先姥爷去世了，这也是我对她仅有的一丝记忆。那之后，姥爷的生活便不再干净利落，有段时间经常对着屋子里的角落发呆，一晃，三十多年过去了。他上过私塾，会背《三字经》《百家姓》，会讲关羽、杨家将的故事。每个假期，母亲都带我回去看他，他教我下棋，渐渐我能赢他了；他教我的沸水冲鸡蛋羹也会做了；借给他的《聊斋志异》被翻破了书角；他能练功的那些年，清晨常带我在草丛里逮蚂蚱，用狗尾草穿起来喂鸟。我总是找机会和他聊天，谈关羽如何败走麦城，谈诸葛亮司马懿斗智斗勇，仿佛他是个鼓书艺人，念叨起来拖着长音，却也畅快利落。姥爷常能爽朗地笑，偶尔又会霎时停止，那笑容就凝固在脸上了。我们一起大夏天扇着蒲扇喝茶，冬天盖同一床被子压风，可我一直不知道，在儿孙平日忙于杂务不得陪他时，姥爷自己是如何过的。毕竟人上了年纪，老得越发快了，听说有一年姥爷抡锤子砸在自己的脚上，躺了十多天。再后来，听也听不清，看也看不清，终于因糖尿病躺在了病床上。

先是在县城诊治，没好转，又来到省城托关系住进最好的医院。母亲衣不解带地照料，两个舅舅也守在身旁，他如初生的小孩般，整日吃喝拉撒离不开病床了。姥爷去世我未及见，却知道他因并发症脚、腿溃烂得厉害。那本《聊斋志异》我取了回来，常常拿在手里，就像又见到他挥汗如雨后捧读的样子，又像见到他和我下棋时不认输的认真劲儿，如一个小孩般顺从地度过了一段单纯的人生。

我的父亲母亲

那天看到莫言获诺贝尔奖的演说词，称他在乡村干活夜里回家路上，为壮胆大声唱歌，搅扰了乡里；称他也曾为自己的相貌感到自卑，我不禁心头一颤，想起了自己的父亲。父亲给我的感觉，往往是含蓄讷言，却在人紧要的几步路上，像一盏明灯。

我的父亲在乡下读书时，成绩很好。在 20 世纪 80 年代，农村人上大学的比例还不如今天，父亲高考，报考承德医学院的中医专业。据他说，是为学成后，帮助像奶奶爷爷那样村里有病的人们，而背后更大的原因，是改变自己农村的户口，吃上商品粮。父亲告诉我，放榜那天，他看到，比他分数低的人被录取了，而他却被石家庄高等师范专科学校录取了。初中时，父亲也曾辍学，因为有一位村里的老师告诉不识字的奶奶，一定要让他念书：“他是这个材料。”

在北方农村寒冷的冬天，比青岛冷得多的冬天，父亲一边干活，一边在干活之余努力备考。那时留级的也有，他也留过。终于，我想这也是上天的一种安排，他在考上师范专科学校后，与一同考上的另外县里的我的母亲结合在一起。

我想起的事情，很多很多。每当我看到这世上，人们不懂得珍惜现在，不懂得反思与铭记，不懂如何沟通与行动，我就深深自卑。这并不是因为我已经有所成绩，而是因为，我也不得不在现实的面前，一次次伪装自己，一次次面对生活的压力而低头。当年去西安读本科前的暑假，我一味地想回到高中，复习我的美术专业，想着考上八大美院之一。我和父母争执不下，若执拗地坚持那个决定，或许会成为另一种命运，但绝不可能是现在的自己了。现在的我，没有很大的生活压力，在学校里读研究生，衣食无忧，本应是追求更好的前途的时候，我却没有了过分的想法。

那个以故事形式讲述了自身经历，并激励了我要刻苦学习，一直奋斗的父亲，让我从县城来到都市，经历了刻苦学习的阶段后，也已经不是当年的那个父亲了。他现在有一些空闲，虽然也很忙碌；他现在告诉我“知足常乐”，这种在艰苦奋斗阶段听起来异样刺耳的语言，今天不论生活得好与差，我都能接受了。是的，接受自己的生活，好的坏的都是自己的；接受自己的不够优秀不够完美，这未尝不是智慧。而那位从我小时就在自行车后座上带着我欢笑着上下学，及至在最困难的阶段给予安慰和物质支持的母亲，今天也已两鬓染霜。她那渐渐发福的身体和花了的眼睛，在那晚上却依然绽放了最温馨的笑容。

每一位在异乡的孩子，似乎都愿意在更好的地方落脚。然而，有家的地方才是故乡。家，显然不是演绎的欢笑，不是每天都可被描述成在蜜罐里；它更像是有着慈祥老人、健康父母、亲密爱人和可爱子女的巢穴。在每个人追求个体自由的同时，需要面对岁月带给这家的变化，所谓成熟，也就是承担了这变化里的责任。

在西安读本科时，我做了一次手术。趴在床上不能动，所在科室的医生乏术，母亲守在我身边，每天不仅照顾我，而且从不放松地找医院的专家求诊。三个多月的住院生活，母亲没有睡好过。她经常陪我下楼走走，有说有笑地和病友互相帮助，却在听到医生一句“治死人的情况也是有的”之后义正词严，这位温柔的教师，发自人之本性地震怒，我看到她颤抖地回来，却没有听到一句骂语。将近半年，隐瞒病情致使伤口愈合不良的医生在母亲的追究下，终于道歉赔偿。

父亲在我眼里，是严肃而可爱的，会在我犯错后为我开脱，而母亲是慈悲的，却不吝指正我的缺点。他们的人生在特定的时期里，经历了严酷环境下可以称作艰难的生活。我在那下火车的晚上，因为自己的学无所成而懊悔，因为自卑于相貌和经历的贫乏而失落。父母说不出什么期许的话，他们不想再给我压力。

然而，看着父母不辞辛劳，夜间零点多等到我后的开心，我能做的，也许就是好好走，并一直坚持下去。

秋天半日闲

北方秋天的下午，风不热，也不那么凉。树叶唰唰地响，虫声渐渐消退了。想起在草原、在坝上、在海边的咖啡店、在明媚的教堂里，我经历过的，也有人在经历。我想经历的，有人已经做过。忽然一阵风吹过，我关了空调，裹起上衣，敲下了这些文字。

起身煮了一壶咖啡，听壶里咕嘟咕嘟的声音，还冒着热气。这个季节稍纵即逝，又令人百般怀念。这是回忆旧事的季节，不一会儿，我眼前便浮现过青岛栈桥附近的书店里安静焚香看书的青年，浮现过八大关极其幽静的秋叶，还浮现过编辑薛原先生的书房，那里纸墨温润清香，充满书卷气息。

处暑已过，8 月未央。说好的早起，却还是睡到 8：00。吃完煎饼喝完粥，戴起防水镜和泳帽，10：00，准时出现在游泳馆。时断时续，游一个半小时，出水时感到身子沉重，擦干了走在路上又觉得轻盈。

下午走在去报社的路上，背着装有五六本厚书和衣物的大包竟不觉得重。路边的法桐叶尚未迅速转黄，抬头望天，湛蓝的如一块碧玉，真是少见。

前不久刚离开海滨城市青岛，忽就想起在那的三年，我常在秋季的下午，一个人带百余元钱乘公交车到文化市场附近的社科特价书店“我们书店”。第一年见店主马兔子先生时，和第三年见他时，仿佛没什么变化，依旧是坐在柜台里，默默地刷微博，眼镜后的眸子斗大而明亮。静悄悄的店里亮着白炽灯，不大的两层楼却藏着不少名著佳作。看似闲逛的一下午，却能收获不少难得的好书，临走以双手提之，马兔子先生以报纸裹书，而那百元也已用尽。

在“我们书店”，我第一次见到了薛原先生，他既写书，还编辑出版了不少文史、文化类书籍。第一年见时，他与友人闲谈，我坐旁观之，其话语中多有文坛掌故、出版风云。待到第三年，彼此较为熟悉，依旧于“我们书店”二楼饮茶闲聊，却见他明显地瘦了。“我是穿的衣服肥大。”他人问便自嘲，其实，是真瘦了。估摸一米七的身高、四十岁，体重一百二十多斤。我曾以其学生自称，皆因薛先生数次指导我的论文与文章，且在其编辑的《青岛日报》副刊上刊登我的散文，在做人做事的道理上也多次教导我。独自在青岛读研三年，后又在青岛媒体工作三月有余，临回石家庄，竟未及见到薛先生。秋天了，或许此刻他又在其二楼书房一边煮茶、一边翻书校稿了。

“自古逢秋悲寂寥”，却也是可以豁达畅快的时节。前不久某夜00：00多，我编完新闻版下班，坐在出租车里，却并不想回家。“师傅，帮我找个吃饭的地方吧，路边摊就行。”师傅无甚言语，驱车到一个十字路口，高悬着的昏黄路灯下，麻辣烫摊和面摊有三四家。8元车费点给师傅，下车坐下，啤酒一瓶，竟是崂山！瞬间想到在青岛的夜里，并不曾多饮酒吃海鲜，也不曾与薛先生和马兔子先生饮酒，心里堵闷，三口清瓶。

麻辣烫加泡面，连酒一共 19 元，石家庄的消费水平可谓不高。听旁人谈鬼说梦，不时哈哈大笑，忽而又掩面抽泣，那是几个大男人，啜泣的是光着膀子的人，有人拍拍他的肩。我起身谢过摊主，慢慢地晃回不远的家。

那夜，脸热体燥，可夜晚终归还是夜晚，鞋底生凉，我却不曾带一件外套。向最爱的女孩儿发一条微信道晚安，不见回复，再无力气看书，倒床便呼呼入眠。

石门街间遐想

1

连日下雨，石家庄停水了，说是大雨将水库淤泥冲入了自来水厂，造成水净化设备损坏，修复还需要时日。记得似是在停水的第三天，我坐车往父母的新家小住。说是小住，却没过夜，不过是洗澡，吃饭，吹电扇。

从植物园下车，漫步到达新家，还要三十分钟。母亲边做饭边说，像待客，父亲附和。我话不多，吃过饭，稍作休息，便要作别。

父亲开车送出我来，旋即要往乡野买杂货，母亲却发来短信，“保重”。

这个时节，恐怕人们各有所思。

我竟也觉得与父母稍微陌生了。然而，陌生，也许正是所谓“目送”的要义——不必追。

昨夜，又到他们的新家休憩。那其实是为我结婚做准备的家啊。

离开时，父亲开车送我。到旅游 1 路站，他驱车离去，但没过多久，我一转身，父亲唤我名字，原来他没走。问他怎么没走，他说想看看我。一句一句地聊过，到旅游 1 路来，我上车，他终于留给我个背影。我挥手，不知他是否看到。

我坐着这辆夜里的末班车，究竟还没有在那新家度过任何一个夜晚。

想来，父母还是父母，我还是我吗？这便是成长了吧。

停水的时候，身体会变味，心灵也会渴，可是，但凡还有一丝可忍耐的，我的父母就会把最好的给我。

于是，心里还是亲情漫漶，不知不觉，即便感到陌生，也没有关系。

2

还是 2016 年的夏季，某天，我去找尚在云呢喃工作的亮兄，点了一杯咖啡。彼时，他似乎并不安心于此。这是一家蛋糕面包店，他在里面做咖啡师，想来是赚不到钱的。我点一杯咖啡，他的心里或许苦涩，但还是为我做好，端了上来。看他彼时的欲言又止，我想说的话，终于没有说。

终于，他去北京了。想来，这是一种解脱。

先前，我对他说，是我在没工作的时候对他说的，我说我想去北京。没想到，许多人实现梦想的方式，不是用嘴，而是用脚。

我想起某人写给我的信，她写道，她见到路边的女孩儿在哭泣，她说她就像那个女孩儿。

当你终于迈出一步前进时，总会有万般的退缩的念头，它们阴暗又强烈，刺激且危险。然而，前路却是需要挖掘才能现出光明的巷道。

我之前不太能理解，她所说的那个无助的哭泣的女孩儿的意思。现在却明白了，能在一起的人，不是要在一起哭，而是默契地笑。

于是，我想到亮哥。这个男人，勇敢又坚强，磨难的生活自有其对他的作用。

我相信有些时候，不必执着，该来的总会来。

希望他一切都好，看，阳光出来了。

3

石家庄的雨季到了，经常一下一整天，虽不似梅雨季节，却也让人感到既潮湿又烦闷，偶尔有吹彻大地的风。但风一到，第二天就是干热的天气了。在这样的雨季，我想起很久以前，我在小学五六年级学美术的时候，李俊清老先生说，“下笔快准狠”。李先生还说，“战严寒，斗酷暑，风雨无阻”。而今先生已逝，我的爷爷、姥爷、姥姥都不在了。老人们的处世经验和人生态度，留了多少给后人呢？怕皆成了这雨季里的孩童们难以了解过去的经验了。

中午到健身房锻炼，私教说，一个月1000元的私教费，想让我跟他锻炼。我直言拒绝了，走出健身房，顷刻就忘却了。其实，私教的教授，我已都学会，能否将体重减下来，全在于毅力和坚持。雨，也就是我在健身房里时下起来的。

快步向公交站牌走去，越走越快，雨也越来越大。

29路公交车到达友谊公园这一站时，我第一个站进去，等了一会儿，轮到一个座位。

在公交里，我似乎感到小时候的某些气息回溯过来，如潮涌，如江面波澜，但不确知那是什么。也许，那是我高中时代写过的一篇文章留给我的记忆。在那文章里，我幻想了沿江而下的九江之旅。九江是一个城市，南方是一个异于我的所在，我并不能全部理解那里，就像，我不能全部理解曾居留过的青岛一般。

4

某天上午，我在一家咖啡馆里，悄无声息地啜饮一杯奶咖。身旁是柔软的色调，是窃窃私语的恋人，还有看似是做生意的几位。

据我观察，我身边的许多人，往往在某些时刻，言说着他们本也无法深度掌控与了解的人与事。他们意识不到，或难以意识到，他们的“自己”的存在。这时，交谈就像咖啡馆里侃大山，有的人在环境里飘飘然，进而忘乎所以。

他们俨然已成为另一些人眼中的符号，而他们象征着什么意识形态，标榜着什么阶层的生活，或许更多地仰赖观者的价值判断。他们像没了个性的人生影像，与整个氛围同构一种与局外人区别开来的圈层感。

许多时候，这些人的生命时间，就经常地纠缠于其既有的语汇中，难以超拔，更无从脱身。他们或许言说足球与创意产业，言说出版，谈论神话，言说咖啡，交流喝普洱茶的经验，或天气，或在世界的各个角落旅行……

然而，这或许就是轻松愉快的表征，当一个人放松开心时，是不应运用强力阻止他放弃这种感受的——那是他的自我在呈现。虽然如此，一旦陷入情境之中，矫作出配合环境的行为举止，就会与环境同构。

这不是说，与环境同构不好，问题是，如何经验到“自己”的独特存在——不与环境相协调的异态，却是个人的独有状态。当与周遭环境同构，人们也就或曾设法、但毫无办法对眼前的景象祛魅，且无法靠近并掌握真实。现实对他们本应是“地气”，但这些现实就像浮在空中的青云，幻象之中，令他们难以捉摸。

5

时令转换，已是立秋后一月余了。树叶纷纷掉落，我还不觉得它们多么美丽。那是残败的美，我懒得欣赏，快步走过。

秋天了，北方的秋天显得寒凉，时光仿佛捏紧了，白昼渐短，夜晚绵长。我在北方的城市，从窗户探出脑袋，才发现，世间凋零了许多花朵，许多人的生命时间，似也有所缩短。此刻，我已不再能闲坐屋内，端一杯热茶，看几眼闲书。

秋天了，好久没见过的大雁，没见过的老鹰，它们是否已从这北方平原离开了？但愿，人的成长成熟，是个永不停歇的过程，每一个阶段，都能努力。

6

冬至，一年中昼最短，夜最长的一天。

今年，常可见到雾霾袭庄的上午，二环外大雾能见度不足百米，汽车小心行驶，生怕追尾。听广播里，主持人也是经常对雾霾治理问题发问，虽然结果总也不会变好。

临近中午，一切变得明晰起来，清楚了许多。车距不用再拉大，车速渐快。

午间不再吃饭，下午时分，听着马頔的《傲寒》。这让我想到，大约五年前，我还在西安时，穿行在回民街巷时的样子，那里搭着篷子，小玩意儿很多，刀与捣锤，各式各样。

仿佛庆山曾写过，坐在小店里，闲吸一支烟，门外阳光暴烈。看白色鸽子的身影掠过布衣，倏忽消逝了。

听一首《今晚的月光》，想起在青岛，穿行在文化街的旧市场。那三年经常在“我们书店”寻书，而今记得的却也很少。文化旧市，饱含旧事，我却难掌握。

写着这些，一位同事来说借一本文学评论类书，参考写书评。我借给他从李寒老师处购得的摩罗的一本《不死的火焰》。

听一首花粥的《远在北方孤独的鬼》，想起去岁石家庄冬季的落雪，它们压断枝丫，咔嚓，咔嚓嚓！犹如飞仙，缓而不急地落下，噗，不动了。

冬至过去，新春将至。

花灯的问候

大约2000年，正月的庄里有几处举办大型花灯节。人挤人，好久才走完。我也进去挤，感觉是世界世纪末的孤单的人的大聚会，是集体的狂欢节。它让人忘掉伤痛，流干眼泪，看到无数的花灯，有桥，有龙，还有每个花灯上的谜语。人生就像一道道谜语，难有答案。终于走完，拥挤完，又重归寒舍，重归寂寞。也许就是要狂欢吧，因为好久没有这样了，我希望再有一次，在呐喊中流下感动的泪水。

这个冬天，石家庄又在飘雪了。我得空回家，在温暖的屋子里看网页，准备听夜间广播。花灯不再来，赏花灯的心情却永远存在下去，直到下一个休息的时刻拿来回味，也许再也不会想起也说不定。

这些年，在元旦的时候，人们互送短信“新年快乐”，在除夕夜也是。有时会想，人与人的关系，到底是冷漠麻木的，还是和缓温暖的，难有答案。

那些年，从正月十四开始到正月十六每天18：00左右，赏花灯的路上，机动车禁止通行，好像非机动车也不让过了。到了20：00左右，开始进入高潮，中山路上人山人海，熙熙攘攘的挤都挤不动。大人孩子脸上都洋溢着喜悦的笑容，尤其是小孩子每个人手里都拿个小灯笼，满满地都是幸福。

忘记从什么时候开始石家庄没有花灯了，正月十五也变得越来越没有什么意思了。晚上吃吃元宵，看看正月十五晚会就没有什么别的活动了。可是，曾经温暖的感觉还是会留在心中。

那天夜里，我在距离石家庄很远的青岛，想念家乡，不免有些失落。遥远的人们，难以互致问候。电话、短信和邮件，终究没有纸信来得舒服。想象一下热闹的年味，却也终究没有在心里留下什么。

记得花灯上的小孩在笑，花灯下的孩子在哭，时光不仅带走记忆，也留下诸多变幻的想象。

回忆里，在石家庄的一个小山城，夜是浪漫深邃的。有流岚，有朔风。

徜徉在星海街市，热闹之后的安静，满地的卫生纸，牙签。阿德在打扫桌子和地上的垃圾。走在石板路上，哒哒作响。咄咄，桨声传来，船要靠岸，桨顶在岸上，几个夜行的锦衣者背着书匣上了船，桨声又响起来，他们渐渐远去了。白衣的女孩儿在河边燃起纸莲花灯，顺着河水缓缓流到下游。我和表妹在蛋糕店边望着玻璃柜里的蛋糕。你的妹妹？嗯。女店主便宜卖给了我两块。继续无目的地徘徊，无目的地彷徨，杆子上的花灯有各种谜语，昏黄的光线后是不知是笑还是哭泣的人群。夜海无边，随着燃起的火星飘向高空，伴着秋萤。

是谁在这里抽泣？一个粉色衣服的小女孩儿在岸边抽泣。我不理会她，走开了。走远了，大声喊出来，你要开心啊！她抬头看着我，风吹着她的头发，在桥上，我转身离去。

以前想在香格里拉开一个小店，专门卖衣服、首饰、小吃、奶茶，现在这个愿望也很强烈，慢慢会淡下去，又有新的愿望。这个美丽的愿望很难实现。

乘着会飞的金鱼，一闭眼，就到了丽江古城，在叫作菲露微的店里，坐下来，店里氤氲着浓浓的茉莉花清茶的味道，木制的屋顶上挂着几盏大红灯笼，微笑的阿采在招呼客人，大家都轻声细语，怕惊了这雨中的细梦。桌上的茶具很特别，淡淡的蓝色，有把的茶杯。收音机里传来张娜拉的歌。

像神仙在飞一样飘到门外，望向街上走过的打伞的行人，古老的建筑安静地坐落在这座小城，各色奇特的店铺琳琅满目，每走一阵便会有一个新的惊奇。

雪 记

北国春雪，该是兴致盎然的时节，人们卸下煎熬的面貌，开始心灵的呼吸。人言“春雨贵如油”，似乎春雪也有这种价值。

石家庄下雪了，白日 10：00 以后，我在十一楼办公室开着灯，望着窗外，西风吹着雪花飘飘洒洒。

昨夜就开始预告说，今天降温，果然，雨水之后不久，惊蛰之前，这场雪到底还是来了。

“盼望着，盼望着，春天的脚步近了。”也许，这会是 2017 年春季第一场，也是最后一场雪吧。

下吧，下得大些！我会矛盾，雪这般大，清洁工师傅会累，汽车会打滑，行人也会不便，但不下雪的日子，实在太难熬了！躁烈的情绪和温吞的时日，难以让人产生诗意的享受。

2016 年末的整个冬天，石家庄的降雨和降雪都少得可怜。每逢下些小雪，我就坐上一辆公交车，游荡在城市的大街小巷，看市井百态，观日常人生。

城市闲逛，有时，会看到一排排自行车相继倒下，又有年轻人一辆辆扶它们起来。有时，会遇到骑着单车摔倒的女人，和一旁连忙搀扶她的男人。

有时，猛地抬头，撞见一只黑色小狗前面走，一只黄白小狗后面跟，径自过了那幽静的巷子。还有时，也会看到人们在雪地里弈棋，两位老人聚精会神，观战者沉默不语。

甚至，有许多次，见临街面馆冒着热腾腾的蒸汽，一碗饸饹面上桌，灰白面上几点嫩绿芫荽，看着就香！

雪天，天光幽远，睡意全无。极目远眺这纷纷扬扬的雪，远处雪天一色，苍茫的人世，也沉浸在一片白茫茫中。

雪让我安静，手边的工作也大约完成，捧了这一小壶温水，读些叶灵凤的书话，读些董桥的散文。

雪让人遐想，想象不可能的愿望如期实现，想象与佳人并肩闲坐，不说话，也很美好。

雪还是隐秘故事的见证者，大雪之下，人们迷思，人们仿佛洗刷了罪恶，洗净了尘心。

下吧，下得再大一些，希望今后，每一次的雪，我都能有今日这般欣赏的心意。

喧哗与号角

2017年立夏，正好是5月5日，而今又过半月余，石门天气正是难忍的燥烈。

夏季风呼啸掠过山口时，坝上的羊群该是还在低矮的云朵下觅食。它们先知风暴之将至，牧羊人的眼里，长出了神秘的历史。

镇日翻书，在韩羽先生《画人画语》一书中，读到一句“若赤子之笑啼然，看似至易，而实至难者也”，便想起那句“见过孩童心花怒放，只觉成长，格外悲凉”，赤子对孩童，啼然对悲凉，不禁悲欣交集。

这个现实感不断被“割裂”的社会，或许换个词“多元”来形容，更能被人们接受。人们暂居世间，不只是为现世安稳，更为求取一片僻壤，可以安放孤寂的灵魂。

漫步石门街衢，忽想起电视剧《宰相刘罗锅》中刘墉夏日凉亭抚琴的场景，清心明智，临危不乱，想起他的清廉为民，想起御用镇纸案，想到他惩办和珅，在大牢里给和珅吃山东大饼卷葱等故事。这部剧，从小喜欢看。如今虽已不易看进去，但“嬉笑怒骂”，帝都风物，所刻画的种种人物品格，却依旧记得。

姥爷在世时，我和舅舅家的孩子们一起看这部剧，孩童几个，长者二三人，夏夜围坐电视机前，聚精会神，一起欢乐。彼时正对这世界抱有好奇和不竭的耐心，因而，还看过《还珠格格》《倚天屠龙记》《天龙八部》等古装剧。记得那时有个节目《正大综艺》，每次在它之后的《正大剧场》栏目，经常放外国电影，《阿拉丁神灯》《我和我的朋友乔》都在那时看过。河北二套还放过科幻电影纪录片，放过文艺复兴时期的艺术讲解片，我也从那时开始知道莫奈、塞尚、毕加索和凡·高。

而今，不看电视已很多年，即便是欢愉的年三十夜，春晚也是不看的。

相比之下，偶乘出租车的收音机里，主持人一会儿谈交通路况，一会儿逗乐情景剧，一会儿家庭婚姻问题解答，某刻，又说到“华语乐坛”如何如何。今日的大众传媒，莫不是迎合了受众的接受层级，就像“华语乐坛”，这本是个打造出来的东西，它可以是多种事件形成的传统叠加，同时，也有所谓的准入门槛。同样，文坛、舞坛、书坛、画坛、译坛……不一而足。广播里的文艺资讯，是否可在谈起具体的作品时，不要以现成的“某坛”作参照？想那优秀的作品和创作者，未必在这坛那坛里，又因了他们不见得在某坛里，所以引用那坛作参照系，是懒惰且不实证的。

大众传媒的陈词滥调几乎泛滥，我尤其不喜那重复的言辞。

电视广播之外，报纸副刊和杂志专栏也收缩版面，渐趋无力。

初夏傍晚，夜色柔媚，微风温凉似水。公车慢慢移动，城市里的人在思索。

驱车游荡在大街小巷，观察这都市风情，夏夜的烧烤，女人的漂亮裙子，热衷狂热言论的男生，呆若木鸡的咀嚼口香糖的眼镜兄，胖子尬舞，烟火花灯，摇滚民谣，海鲜羊肉串，紧皱眉头的哲学教授，以及夹公文包的逻辑学家……当它们与这层叠的符号表达着的世界融为一体时，我也成为某些人诗化视界里的意象。

短暂的想，需要长长的语句表达，人的思维的速度，恰可通过读书来测量。然而，我一刹那把眼睛睁开，不愿做那表象沉沦的麻木的人——如果这一切都是表象，我又如何去深刻？如果我此刻在梦中，我如何去证实这到底是否是梦境？——夏夜的此时此地，收留执念的此时此地，漫步城市大小街衢的我，如何在现实与幻觉间找到平衡？

傍晚的窗外，人群远远地喧嚣着，高低都有声音。晚间呆坐床上，从19：00多到22：00，什么都没做。面前的书都没有读过，巨大的光打发走阴暗的影子。

我是一只失去想象和可能性的鸟，过着走路觅食的生活。绝望占据了生活的大部分时间，可我不再轻易悲伤——直到我看见，万象天成地下通道里抱着孩子卖烤鸟蛋的女子投来忧愁不安的眼神，看见单位里勤恳打扫对人微笑的老师傅，看见小区深夜翻拣垃圾后匆忙离去的妇人。我想起，少年的我也曾在垃圾道里拣稀奇，和小伙伴一起找废品、偷瓶子卖钱，去防疫站边找旧物，在县城里打游戏。我始终是我，不是城市里的青年。大部分情况下，我厌恶被任何人贴上任何标签，无论是土包子，还是外省青年。

清早，打眼望着一楼窗外，那是另一番婆娑世界，我听到阵阵悲伤镇魂曲，猜想着那哀伤之地中，人们此时此刻的感受。

死亡是不可逆的，因而也是郑重的，对死者对生者都是如此。死亡不应再让人恐惧，它是生的一部分。万物皆有定数。

我对文字作修改，或可看作是对现实生活的一次次尝试性了解，难言把握。即使徒劳，不得不做。世界太复杂了，大多数时刻，有很多人是绝望无奈的。而生活，已然专业化了，通识教育与精专学习，刺猬型学者与狐狸型学者，何者能收获更多的回报，已不再与付出努力的多寡成比例。

众声喧哗，各说各话。

母亲节或其他什么节的时候，我反感大众传媒发出的“特殊群体”这个称号，它在那语境里意指有着特殊工作的母亲们，然而，谁比谁特殊呢？可称残疾人、可称病人时，他们却用所谓的“特殊群体”来表达。我的妈妈，在母亲节这天的清早，往小院去，锄地，耕种。我离开时，她在做活儿，我回去时，依旧。轻轻地打了照面，母亲节，似与我们无关。我们只是安稳如常，耐心生活，心意平静。她提了满溢的水桶，我提了包去健身去借书。现实再艰难，也须忍耐。

慢慢走在路上，塞着耳机。某一瞬间，我好像看到短发的王菲抿着嘴角，骑车在范西路由东向西骑。这是一个模糊的形象，她对我意味着什么？就要走到省图书馆。蓝色上衣的老人左手打着电话，警察在路对面站定。摇拨浪鼓收废品的中年男子吹起小号。

5 月的早上，骑三轮车收废品的男子吹起号角。

雨天杂记

凝视一个杯子时，不觉出神。杯子四壁光亮透明，灯塔般坐落在桃木桌子上，户枢不蠹，桌子原本是一扇门。空气仿佛静止，时间凝注在杯子上。呆坐，漫无目的地遐想，我对周遭的预设是，此时此刻的人居于相同的世界，然而，由于信念信仰和理解的差异，近在咫尺的两人也或许分处截然不同的两个世界。这其中，有的人善于超验的思维，另一些人喜欢实验主义的推导。

你看着这玻璃杯子，想到什么？

我想到，一批批的人类的荒诞的归宿。

我并不能确认，在未来的归属问题上，何者是绝对的正确，但是，在人类普遍的价值评判标准里，在此时此刻乃至更长久的世俗经验中，那些以强暴触碰良知底线的行动，必将由义人由公理来决断。然而，我并不确信，在与时间的赛跑中，我还来得及。

我们无意去争取多获得什么，却必须知道保卫自己该保卫的。

细雨浥轻尘。

驱车横过和平路高架桥时，疲惫在阴雨天一扫而光，许是身体接受负氧离子的作用吧。听一曲程璧的《初秋》，这是在她新近的专辑《早生的铃虫》里的一首歌。曲子悠扬低沉，阴郁却轻盈。

很多时候，人们活在各自的愿景里，活在各自的坚持里，活在，各自的生活处境——可能是卑微猥琐也可能是正大光明。那又如何？人们习惯了对比，我却希望拥有温凉的手，细密的心意，柔软的眼神。

阴雨天来了。雨可致书纸发霉，雨天多生忧思。夏日多雨，滴滴答答，点滴到天明也好，阶上青痕也罢，行路人却不惧风雨，把腰背挺直。风雨来，绿松更苍翠，路旁的梧桐镇定。

驻车后，我对父亲说，看，晚霞。

他说，是，晚霞。

这是雨天后的晚霞，一切都明晃晃的，刺眼的美。

微凉的夜，朦胧树影，消逝又重现，隐秘的人群，焦虑不安。世间镜像，如一幅幅移动的风景，如流动的盛宴。夜色中，满树叶子在光照下，有翠绿黄绿的对光部，有淡绿偏深的透光和斜光部，还有背光部。若要作画，想清楚，才画得清楚，莫急。

安静穿越城市的道路，在楼与楼之间缓缓游荡。灰白天空与鸽子旋转在头顶，路过小城故事酒店，公交报站：省人民医院……新华区政府，颐园宾馆……中山平安路口，北国商城。

于是放开紧皱的眉头，听一首万晓利的歌，《达摩流浪者》。

愿你我各自坚持已见，愿我们永远保持纯粹安然。

立秋第二天的闲言

不知从何说起，且不想言语。仿佛语言不具备力量，或者，我不具备四两拨千斤的能力。

还是说说吧。昨日立秋，今日傍晚倒还不似深秋的况味，窗外的树叶轻摇轻摆，远处的天，也没有显得多么悠远而蓝。时间带我兜兜转转，从去年夏季毕业至今，已有一年多了。

说什么好呢？我太没有定力了，经常换了这份工作，干得没几日，就又换得另一份工作。对于工作如此，对于健身减肥，画画与吉他的学习，似也难保持久的坚持。

不知从何说起。

仿佛整个人也荒废了许多，荒废的也不只是时间。没有工作的下午和傍晚，看一些或轻巧或深重的文字，读了几份订阅号里的新闻与观点，今日又忽得便要过去。

这是18：26的石家庄，蝉虫进了秋日，便被叫作秋蝉了，其实，他倒是去岁冬日躲在了地下也未可知。对蝉的生命周期并不了解，据说，还有一种七日蝉，只能生活七天，据此，还有一部角田光代的剧本《第八日的蝉》——印象里，这部电影讲了某种边缘化的生存状态，是不能完全独立者的生存境遇。

说起日本的电影，我还记得初中时，也不很喜欢看《柯南》，却因了一个人的寂寞的缘故，买了很多《柯南》漫画。后来，旁及《多啦A梦》。我是从藁城的县城里来到石家庄的，似乎也并未满足于既有的知识结构，但也未能成为如饥似渴的读书少年。及至今日，不敢言说的时候，就想起看漫画的日子，想来那已是荒废得不可救药的年纪了。

今天是立秋第二天，相信不久，我们的秋天就要正式亮相，它深红深黄的景色，他辽远旷达的天空，天空中的驯鸽和飞鸟，以及偶尔盘旋在都市上空的老鹰，都会渐次印象在我们的脑海里了。

有许多年，我觉得在石家庄生活很好，那时我也没有如今这般胖，且生活着的压力不大，或者说，欲望不多。反倒是最近2011年至2014年读了三年研究生，养成的生活节奏与习惯，比如去咖啡馆喝咖啡，比如到近旁的公园散步，又比如在无人的下午一个人在屋里倾力看书，这些皆是我最后的学生时代的生活景象，于家人却只是给予了安静而非吵闹，闲适而非焦虑。

说是不知从何说起，但想说话的时候，也可以张口就来。我们的日子在随意随性地过着，也在被逼无奈中度过，在一个个压力的追讨下勉强，或在一次次欢愉里得以永恒。记得很久之前吧，我在日记本里写道，秋日的第一片黄叶，乃是中夏时节落下的。

想起这句话，我的心里阵阵凉意，只得快快写完，好去喝一杯铁观音，温暖这秋日的心情。

偶然，将 2015 写作 2014

偶然，将 2015 写作 2014，心里一紧张，眼睛想哭。一个人纵使用出万般力气，也无法挽回旧时光。而且，他也无力使出。

昨日的雨水之后，今夜似乎又将下大雨。奶奶一人在敬老院躺着，风雨来临，希望有人及时给她关闭窗子。

“不愿与人争执”，是我的一位好朋友的一句很久很久了的 QQ 状态签名。说实话，我并不在意与许多人的关系是好是坏，却在意另一些人的喜怒哀乐。

喜欢与否，或许真的没有道理吧。

“不愿与人争执”，也是我很喜欢的意涵。很多话，没有必要再说，说了真的没必要。

2015 年，年中时候，我还感慨这一年未做的事，要在下半年努力完成，及至今日，发觉许多事没有进展，还是老样子。

“这样可不行啊！”“一定要努力啊！”我在心里默默对自己说出这些话，给自己振作的力量。

耳边进行的是卡农，是《千与千寻》里的曲子，很美好的钢琴曲。豆瓣和 FM 仿佛也与当地的天气有关？竟多是安静的钢琴。

8 月 24 日，寄给小如的快递被退回。

8 月 24 日，又是一个安静的夜晚。

夜晚，读青山七惠的书，《离别之音》《一个人的好天气》《温柔的叹息》，却没有《窗灯》。

不再有古人的清闲，也不去翻读《阅微草堂笔记》了。其实，我们的生活慢慢地进行了所谓的现代化，也即西化。文化与生活，都在进行着接受，是先接受，而后融合。

Connie'sButterfly，一首曲子，也是钢琴弹奏，舒缓优美。

脑子里已空白，想到很多曾经。断然是不可能，也只好各自前行，全然不做回眸的考虑。

雷声很大了，不想关窗。

有时我想，是不是买了汽车，有了独自的房屋，有很多钱，就有很好的另一半呢？可是那很好的另一半，却立刻告诉我，不是这样的。

有时我想，我瘦下来，多读书，多思考与写作，甚至出版自己的书，是不是就有人喜欢我呢？心里似乎明白，爱情不因为这些的。

那是强求不得的感觉，可遇不可求的。

“先做好自己！”

今天母亲给我 8 元，是坐空调车四次的钱。我将 4 元买了一瓶酸奶，回家没了路费。焦急之中，向父母求助，妈妈说：“活该！”便挂断电话。父亲开车接我回家了。

如此不堪的经历，似乎也在教我做人。这就是最直接的“量力而行”的例子吧，也是我必须接受的困境之中如何生存的学习，本欲走回家，路远，又渴，还是求助了。希望下次不必这般狼狈。

走路与公交

8 月末，天色出奇得好。公交忽然又免费了，记得上次，也是北京有某个活动时。近来赋闲在家，我的作息比较规律，上午喜欢去（或曰“习惯了去”）离家不近的城市南部，在汇华学院附近，有一处咖啡馆，名曰拾年咖啡。我常去闲坐，可心里并不安妥。因为我没有钱，买不起那儿的咖啡，很多次也并没有一分钱，无非是混得脸熟，才赖在店里不走。

我对咖啡并不热衷，若有其他饮品，一样照喝不误。并不晓得咖啡多么好，但与饮茶也不同。饮茶是清雅的，是素净的，咖啡却可以很浓，适合西化的生活。尤其，若作选择，面包与下午茶，还是面包与咖啡？我想下午茶与面包一起，应是在下午；早间就应该咖啡，晚间也是。

走路，上午 6：00 左右会起床，然而并无处可去，天刚蒙蒙亮，实在寂寞。索性在家里觅食，冰箱里的一个西红柿、一个苹果，也是好的，新鲜，有味道。却不喜那黄瓜，看似解渴，却无味。

家里没有鸡蛋了，炒不了鸡蛋配菜，那么炒菜的意义便不大，只得寻些生果生蔬，或就着豆瓣酱下肚。偶有包子、烧饼，更添美味。

这是走路之前。

待到9：00，回笼觉已睡过。并不想再在屋里闲耗，我带了几本书，外出。我有一个很不好的“习惯”，有钱便想花，有一些钱就想花了它，存不住；索性不再带钱，尤其是，近来父母并不给我什么钱。带的书，也往往没有多读几句，两眼常常流泪，无法继续，心里烦闷，也不再继续。

明日，将这些陋习改一改吧!

一般情况下，不再带书出去了；这般只会徒增焦虑，也没有必要。

正好明日15：00，在尚学书社，史历先生讲演绘画艺术，明日晚间7：00，在席殊书屋，有石门电影沙龙，放映《穆赫兰道》，要20元钱，可往观之。

直到很久以后

是夜，秋风温柔，划过窗棂，慢慢侵蚀我的桌台。

想法的空乏和词汇的贫乏，已使我苦不堪言。幸好记忆尚在，就像一息尚存。

我可以从许多地方回忆，以此来展开我这段看上去并不完美的叙述。事实上，许多时候，叙述的节制，往往来源于内心的枯瘪和记忆之河的干涸。就像刚才，我记得，在北京的某年某夜，也许是 2012 年繁盛夏日，我与朱昊清骑着他借来的自行车，往后海穿梭。至今还记得那些酒吧外招徕生意的酒保，及店内看似闲坐的姑娘们的浓妆艳抹。

记忆的匣子就此展开，我便有了一些要说的话，至于这份文字的主旨，却不那么重要。有很多人说，我的写作虽不流俗，却介乎散文与意识流之间。每每令我想起一个考题是“意识流作品的逻辑性”，好吧，恕我无知，意识流如何解释，确乎不知。

就在我读高三的时候，那也是我作为一个胖孩子的时候，与朱昊清等人结识，至今为伍者，高中时代的伙伴不过是朱、王飞、焦阳等人。似乎每次到北京，见了焦阳，都想抱抱她，也几乎经常得逞。她缓而不急，每次与我相逢，都沉静地乐观，安静地自洽。

与她在一起走路，周遭环境如何都不介意。与王飞的最近一次会面，是在石家庄人民广场，我们AA制吃饭，谈及大学毕业后的生活，不仅唏嘘感叹，又似乎无话可说，可以不尴尬，却真的变得陌生。他是我高中时代最初一个班级的好友，也是初中时隔壁班的红人。与昊清则不然，他究竟思路清晰，有着异于常人的乐观与天赋异禀，与他相处，如沐春风。高三时代的我，倘有极其欣赏的人，便是他。

那时一起打篮球，夜场，在晚自习的间歇，我见他近乎灌篮的入筐，几乎羡慕。彼时与一位名叫张小松的前理科实验班学生行走摩擦，眉目矛盾，不久解决，竟成为友好，他高中毕业后考入大连理工，至今已无有音讯。那英姿勃发的眉宇英气，庸常旁者无敢近身。

高中时代，也许是我的思考与身体的某种巅峰时刻，仿佛有着无尽的遐想，又抱持着不竭的力气，看《牛津西方哲学史》，读陈家琪先生写的论及《理想国》的书，及尼采哲学等，加之数学学习的耗费脑力，夜间便听着林伟先生的《夜航船》节目，看书，写字，休憩，往往通宵及至第二日的4：00。那时养成的拖延症，正如今日的许久不得要领的苦闷读书历程，到底害得自己。我们是高二上学期第一批搬至栾城新校区的学生，有时夜间无聊，单身骑行在栾城的大街小巷，买一个肉夹馍，抬头观天，竟似唐宋气象。彼时大雾天，我发短信给电台，问主持人焦阳（此焦阳非彼焦阳）：大雾天以望远镜观雾，是否看得更清晰？至今不敢确定答案，却知道那时的雾气，演变成了今日的雾霾。

2001年我在九中读初一，2004年我走进石家庄二中，2005年分班选了理科，2007年我进入大学，2011年我到青岛念研究生。2014 年研究生毕业，做过《燕赵都市报》的短暂实习记者，青岛《商周刊》的编辑，《河北青年报》的夜班做版编辑，及“新浪河北”的生活编辑与微博运营。其实，研究生毕业后的工作，每一处都可努力留任，不再漂泊，我却没有定力，不甘枯燥，几番换动。

按顺序言之，从《燕赵都市报》往《商周刊》时，乃是难忍每日枯燥的无暇思索的日光流年，却在青岛的这份商业杂志里，做出了点滴文化积累与文笔写作练习。在《河北青年报》的机会，源于 2011 年曾带我实习的高老师，并得到编辑部主任的赏识，我却在最需要锻炼之际，以身体和精神的劳顿为由，辞职离开，今番回想，着实不该。在新浪河北，陈总对我平等视之，有所期待，我则不满足于每日更新微博的单调与原创特稿写作的不得，再次辞职，径往读博之路与减肥之路。

昨日傍晚，在超越健身称重，141 公斤，希望自己有进步，不依靠别人的监督与催促，自己能坚持到 12 月，得到一副 190 斤的肌肉饱满结实的身体。而回顾这 2014 年毕业至今的种种经历，日渐感到人情世故，不妨称之为“遇人不淑时多，同道相助者众，且行且珍惜”。许多人的交往，止于钱财，也止于共事；也有许多人的交谊，终成管仲叔牙，不计得失。

也许很久以后，我才能明白，自毕业后，每年见到焦阳将她抱在怀里的感动对我意味着什么，那不是爱情胜过爱情的来往，于我却有着无限暖意。

2015 年，8 月已逝，9 月缓步到来。

8 月，我减掉十斤体重，却没读得多少书，学车未完成，吉他与绘画了无进展，年底的小现场与画展，还是想办。

也许直到很久以后，我才会发觉，2015 年的二十七岁二十八岁阶段的我，有多么无助，多么无力，多么无聊地乏味，又多么地拥有着值得吸取的教训与大把时间。

我理解的自己的许多经验，来自幼年与少年时代，那是烂漫无虑的前青春期，来自高中时代，这是勿论残酷也未见得多美好的精神青春期。今日，已懂得不抱持任何希望，只有目标在前方。去做，便好了。

夜晚的玫瑰花瓣

走过那栋大楼的时候，天上飘落几瓣玫瑰花瓣。

那栋大楼是尖岭小区的一栋，就在万达广场近旁。彼时，她和朋友吃完饭分别，独自漫步在街道上。有血红的花瓣轻盈落下，在她的短发上，在她柔媚的肩膀上，又飘落在她脚下，安静而沉默。

稍微有些迟疑，她看向天空。已是 22：00，天空中飘浮着白色的云朵，在黑暗的映衬下显得发灰。“哦，原来是从天上飘下来的。”

从天上飘下来的……天空中何以有玫瑰花瓣呢？她看不清楚是哪个窗户飘出的，又或者，是在天台上吧。

就在这一片空旷的地方，纷纷扬扬落下许多玫瑰花瓣，一片，又一片，大小不一。她稍等了一分钟，三四十片的花瓣，落了下来。

这让她想起去年的一些事情，2014 年的一些故事。说是故事，因为都已经过去了。她告诉自己，心里不会再有波澜。

雏菊与玫瑰

在星辰尚未布满天空的荷兰郊外，女孩儿骑着自行车快速地通过一个涵洞。

那是凡·高出生的国度，北部的一座小城。电影《雏菊》中的女孩儿，正如同我意料中的这般模样——她有高高的个子，匀称的身材，温柔的眼神，以及亚洲人的黄色皮肤。

昨天下午，阳光温柔泻下，洒在我在石家庄的一个画室里的画布上，细致的光彩顺着颜料铺展在画布上。我想到这个女孩儿。至于她多么漂亮，倒也未必，但很是顺眼，给人心情不错的感觉。那仿佛也是个很有故事的女孩儿，美得让人愿意接近，美得让人心疼。

凝视那部电影里的画面，碧蓝的天色下绿油油的水草，女孩儿落入水中，杀手将她的画具包拾回家中，之后每日 16：15 送给她一盆花，一般会是雏菊，代表“隐藏的爱”。

我端起手中的杯子，奶茶温热氤氲开香气，空中弥漫了慵懒的味道。

画作上，一个女孩儿背对我，就要出发去远行，右手高高举着手指摆成的“V”形，脸上或许是挂着微笑。她的背景，是火车站的广场，高大的灯落下强烈刺眼的光线，映照着她的背影，让我想起一个人。

那是我在 2015 年 2 月 14 日之前，作为好朋友存在于我身边的女孩儿，我对她的好感，曾极大增加，至今未能减少一分。那个情人节的晚上，我抱着订购的玫瑰花去找她，放在楼道外的门口。打电话给她时，已是夜间 10：00 左右，寒冷天气里说了一些温暖的话。然而，在她下楼取花之前，我竟发现花不见了。

我电话里不经意间说出的话，却伤人很重，被挂断后，我全身像僵硬的终年冻木，一点儿也不肯移动。那花，原来是楼里的阿姨帮忙收了起来，第二天她告诉我这件事，并决意不再做朋友了。

时间流转至今，2015 年 11 月 29 日，还有不到一个月就是圣诞节了。昨天是感恩节，晚上 8：00 左右，拨给她已屏蔽我号码的电话时，是已关机的应答声。及至夜里 23：00，再拨，才发现重又开机。给她发了短信问候，却无法在电话里说任何一个字。

被屏蔽的时候，就是不想见。

2013 年末，在报社招聘考试时，我见她穿着红色棉袄，坐在我左侧，侧脸映照着漫洒的冬日暖阳，转过头来，已是温柔的笑意。和她的对话让我轻松、愉快，不经意间种下迷恋的种子。我交卷后的那一刻，本想等她再见，忽觉冒昧，终于离开。

想起她的时候，呆坐一阵，画笔在颜料盒子里转圈，已蘸满了土黄色。我给向日葵的黄色花盘上色，一笔，一笔。左侧的背影女孩还没有画完，右侧的向日葵已开始炽烈地盛开。今冬的暖阳照在我的眼睛里，反射出的，会不会是她的模样？

窗外的树枝杈上，落雪被一只雀儿抖落，它的羽毛黑灰，个子不似一般麻雀那么小。不一会儿，飞离，日光重又照过来，那一阵的影子也在画布上倏忽不见。

奶茶依旧弥漫了香气，我不知道那位在荷兰的韩国女孩儿，和我笔下的背影女孩儿是多么相似，或者，她们都不是我心仪的姑娘，又或者，心仪的姑娘已经永远地不能再见面吧。

近两年来，绘画，逛美术馆，学吉他，学驾驶，我给自己布置了很多任务，包括将体重控制在合理范围内。我知道坚持的意义，也知道那情人节夜晚失联了的女孩的用心。一切都仿佛梦境，唯独经历过才能了解。

素食馆

今晚，在一家素食馆，与朋友们吃饭。相与谈笑，放肆自己的心，也许明日就上班，终于到了自己最热爱的出版业，很好。

落座，一开始的五个人，变作七人，让现在的我想起，“欢乐的海洋”。

女孩儿很好看，男生很帅（我不帅）。

吃着饭，忽然灯灭，我们安然，吃完，淡然。好朋友，谢谢你们，在黑暗里，给我安心。

走在雾霾的夜里，没有戴口罩，心里嘀咕着，能不能做好新的工作，其实，我虽然没有完全的信心，却希望自己能尽心力。

对于生活，在走夜路的时候，安仁老师，萧萧，我，并排走，我想了一会儿，不是从一个主题问题想到解答，然后继续下一个问题，而是胡思乱想地，简单地想。

我觉得，今晚的饭菜很好吃。

我还有疑问，既然“本是无一物，何处惹尘埃”，为何还要将素食做得像肉味？不诡辩，就是这个事，其实，我觉得，寺庙的修行人不这么吃。

有时，我对人的判断，流于表面，不能深入，与我读小说偏少有关?

我这么说，萧萧的文字很好，辉哥的样子稳重又年轻，辣强哥幽默有坚持，安仁老师有育人理想，有先锋精神。砂砂显得腼腆，但或许，接下来，需要她更努力。

特别地，好久没见的付姐，更好看了，温柔有气质。喜欢她，如果是我姐姐就好了。

有时候，我慢慢地从这个城市，拖着沉重的躯体，走来走去。从一个街头，到另一个36524。我幻想，我敏锐的眼神，我流露的不安，我心头的紧张。

有时候，我还是喜欢听民谣，欢乐一些的。真的没有谁可以一直严肃，可以一直不放松神经。

夜里，还是会想起她，想起一直爱着的女孩儿。很想忘记，无论是哭得很严重，还是走远远的路，永远也忘不掉。那就把自己这颗心忘记，忘在深夜的角落，摆上水晶球，看能否猜对，我的心在想什么？于是，只好与其他人做朋友，这样很好。

我不习惯，以佛法解释生活。我感触于种种善意的宗教时，怀念在西安交大，那几排书架上见到的宗教人文书籍。彼时，我沉浸着，不安也消退。

白日本来要到柏林禅寺的，我很想与明海法师聊一下，等我看够佛典再说了。

好不容易，聚在一起。下一次，不知何时了。我想说，你们很好。

夜色温柔

此刻，夜里 3：56，意兴阑珊离开烧烤摊的男人，揣着啤酒瓶子走了很远，嗖地一下，消失在巷口。“当啷当啷”，店家打扫着道边垃圾，一团团废弃的纸巾，一根根遗落的筷子，救护车在遥远的街角呼啸而过，清洁工稍后即将出发，警车静默着，不着一词。

校园周边的猫儿狗儿，各自寻了窝睡去。临近夏初的季节，夜猫发情已不太常见，偶见那相拥的男女同学，发出呼哧呼哧的喘息。

石家庄，在 4 月的尾巴，迎来一家西西弗书店。城市在变化，很多时候，已显现一种可称曼妙的性感。

每到夏夜，这里临街可以摆出桌椅卖卖夜宵的店，往往营业到很晚。这些深夜餐馆，比独独起名作深夜食堂的，不知要好多少了。这并非因为它们更具有世俗意义上的“接地气”之感，倒是因为，本身你我的生活中，便需要这些渲染幼年吃羊肉串的温情记忆，且又在烧烤烟火背后允许各自眼神扑朔迷离的场景。

这些场景，给我们一丝温凉夜色中的温暖，让人不觉得太拘谨，不必为“恶之平庸”的底线的一再下沉而迁怒自我，更不必为现实的不堪而一再叹息——毕竟，这一刻，我们都还是孩子。

收音机里传出了温柔的曲子，似乎白虹的民国歌谣，温吞的一杯水下肚，急切想说的话咽了回去，男人恢复了理智，女人变得妩媚妖娆，燃一支烟，吞云吐雾。

不多久，老人开始晨练，他们醒得早，而从蹒跚学步，到大步流星，一个人的生命旅程，最后还是要回归缓缓而行。身体的强大、情欲的旺盛、性格的多变以及激情的存在，也仅仅是少数二三十年的事情，青春不过短促的罅隙，有时，给人遐想的空间还没留下，一切就都不再相似、相同。

我猜想，大多数的“80后”，或有还算不错的童年——有亲人的照看，有生活蜜汁一般的哺育，而“90后”的最后一波，今年也面临着集体步入成年人行列的仪轨。

往常，谈及这些年龄、青春、婚姻、爱情，甚至谈及家变、世情时，很多夜色是虚掩在现实残酷之前的门扉，就像打开现实这本书之前的扉页，书名赫然，内容敏感，而一座座城市，犹如一条条波光蜿蜒的河流，耐心、小心地承载着一艘艘命运夜航船。

开放的城市的容纳性是很大的，不仅因为这里盘错的楼宇可以装载太多的家庭，还因为这里的小巷足以容纳太多的夜归人。

即便有几年漂泊浪荡，青春在青年人身上，也只会打下更坚实的印痕，或好或歹，一切留在个人心境里，一切又隐秘在各人的模糊面目中。

我走在夜色里，不知这座城市朝暮生息着的人们将来的命途，唯独确信，每个人，都须忍耐，一再忍耐，生活才有尽头。

不可忽视的情感

今晚，一个好朋友告诉我，她可能有些抑郁。她想哭了，然后就哭了（这已是最近第二位告诉我想哭的女性朋友）。我和她聊，发觉很可能是因为她好久没有走进外部日常生活——这不是要求她放弃自己的生活，人是不可能放弃自己的——而是指贴近外部，观察外部，再反观自己，走入内心，接受自己的选择，悦纳自己的生活。

可能在某个时刻，在这三十岁的人生三明治时期，反观来路，觉知当下，我们发现，大家凭借特长，都有了各自的阵地——可能是设计工作室，可能是私人书房，还可能是瑜伽工作室，或者是健身工作室……

也可能，许多人还一无所成，还卑微地活着，昂着理想的头颅；更多的人徘徊、谵妄、焦灼、麻木。

然而，我想，我也会寻找到自己的领地。

今晚告诫自己，不要得病，多去练车，每天的时间要抓紧（我还是想在适当时机练会吉他，真正捡起美术，成为一名画家），但人生慢慢过，越是艰难的日子，它越不会轻易溜走。怎么办？那就变换现状，尝试着给它点儿颜色看看，或许还有机会绝地反击。

无论是想通过努力跃升(这或许是一些人的追求，不必苛责)，想思想进化，想言谈有营养，还是想在某个领域(比如书装设计，比如民国文史，比如新闻传播和编辑出版)有所建树，似乎都不得不走入那人云亦云的世界，再选一条人迹稀少的小路。

每个人，在人生的不同阶段，都可能有各种各样的问题。我无法做一名敏锐洞察世情的医生，我想很多人的问题并不是身体和心理有了病。

就像，经过纠葛，经过挣扎，我对曾经绝对在乎的女孩儿，也可以换一副毫不在意的外表。

我被拒绝被不在意，然后学着拒绝，我被推开，然后学着走开——就像许多星球在亿万年时间里也不可能再有相遇的来自彼此发出的光——因为我经历了，下次我就可能借助这经验，来趋利避害，来保护自己，躲避伤害。

我想，许多人的生活是残破的，是难忍的，是不堪的，有着生命无法承受之重，有着碎裂骨血的冲击。

时间空间，过去未来，远近现实，都似乎在撞击这世界，甚至在某一刻集中了压强，任凭呐喊却无声，一切都无法改变。

我想，某种程度上，没有哪些人的苦难更深重，也没有谁的痛苦更轻微。

如此说来，在情感危机的警报拉响的时候，我们还能抓住什么?

答案不重要，我想，我们可以借由对健康身体的掌控，对外部干扰的排除，对内心信念的坚守，一点点去做手边的事，比如费力弯腰打扫，比如戒掉一项恶习，比如尝试新的赚钱方式，比如写下一篇诗意的小说，如果你会弹琴，还可以弹一首小夜曲，如果你会画画，当然可以画一幅彩铅画……以此，来相信自我，提振信心，甚至借助虚妄的狂欢来表达对现实的见解，以此破解不良情绪的压力。

必须懂得，不惧艰苦地尝试改变，和因为困难而退缩，都是我们的选择。去做，便好了。

遇见火车

时间才到五月末，我走在北郊外一段废弃的铁轨上。夕阳缓缓落下，像个大火球被西山吞没。

在这日落时分，我遇见了火车。

它从遥远的天边驶过，准确地说，是驶过那路桥，发出轰鸣的声响。哐当，哐当，不到二十秒，这列绿皮火车便彻底消失在我眼里。

我凝神静思，为什么遇见火车，我的眼神开始呆滞，变作凝神发呆状？为什么仰望蓝天，会想躺在铁轨上，深深地呼吸？

这种感觉，就像处于秋天，是初秋的一个傍晚，不似现在这般热。就在那时，我一个人喝醉了酒，酩酊之间，在夏末秋初，徜徉于北方山林边的市郊。

甩了一下头，思绪终于飘走，注意力收回。日头已渐渐全部隐没在山里，西山周遭有了一团红色的光晕。远远地走一段路，便是公交车，急忙上车坐在里面，觉得安生。

自幼便生活在城市里，熟悉城市里的一切事态与物件，似乎不打算再离开这城中的居所。于是，即便偶尔地来到市郊，来到这废弃铁轨边，我也不能停留。心里发出狂放的呐喊，要回去！

然而，嘴边却没有一丝声响。

我怀疑自己得了城市生活综合征，这是我起的名字，意指无法离开城市、对城市有绝对依赖之感。

也许下次生活得累了的时候，再来这段铁轨，它让人安静，给我希望。但这希望是什么呢?

我既不期待自我放逐天边的旅行，也不想驻扎在这人烟稀疏之处。我无法接纳阡陌交通、鸡犬相闻的生活了，虽然幼年时在乡间住过，而今却只愿接受朝九晚五的工作。

公交车晃荡晃荡地，载我回到市区。我默默下车，呼吸到只有市区才有的喧哗与躁动，夜里 7：00，城市还没有止歇它快速跳动的脉搏。

直到回到市里，我仍旧无法解释为何见到那个庞然大物时，会发呆，会凝神。

也许，这是小我面对未知世界时，面对不安前路与多重可能性时的焦灼吧。

火车给我的，不仅是速度，也不仅是安全旅行之感。

它是有着某些象征意义的——当我怠惰时，这是一个得以继续怠惰的逃离生活压力的出口。

可是，我不能。

想起去年，我在北京的一间青年旅舍，见到了 20 世纪 80 年代留下的回廊和天井。夜晚降临，陌生的伙伴们开始夜里的活动。有的打牌，有的喝啤酒，还有人画画、弹吉他。我搬一把椅子，在一楼的天井里，抬头便看到了这个城市的星空。落脚此地的旅客们，晚上总喜欢一起坐在天井院里聊天打牌，互诉旅途中发生的故事。清晨起床，坐在天井小憩，阳光倾泻周身，我感到这个城市的温柔。

其实，火车与远去的乡间生活之间，也有着密织的联系。我不敢搭乘那火车去远方，正如已不愿回望来路旁的乡间种种。许是习惯了城市生活的繁盛与快节奏，我便与这城中众人一般，遇见火车时，就像遇见了曾经的梦想那样，焦虑而惶恐。

城与乡：城居杂记，或思绪种种

寒村邀客至，年近共煨豚。多少春秋事，留乡佐酒痕。

——倚天《高邑杀年猪饭》

坐在这趟开往南方的列车上 / 看着窗外来来去去的景象 / 怎么突然间我又会把你想 / 坐在这趟开往回忆的列车上

——刘明汉《南方列车》

1

2018 年的春节，与情人节紧邻。没有女友的人，似乎对这年节更难熬了。

过年期间，夜里与父母在正定县城里行走，新修建的古城观光区灯光夺目，还有些喜庆气氛。见到临济寺，天宁寺，广惠寺，另有一寺庙仅远望其塔，未及近前了。

归来，疲惫，倒在床上，心意却还是低沉。曾朝思暮想的人，其生活如何，心意如何，已不是我可知的。

又一个傍晚，路过石门民生路的树麻雀咖啡，走进去看一下，被告知没了座位。于是退出。进去前，见有麻雀在啄食门口的谷物，果然是树麻雀。春天到了，不知从哪里冒出了这几只麻雀。这个咖啡馆，也是我的一处躲避之所。只是，躲避什么？是否该躲避呢？

不躲避的话，是否就能适应失去——即便从来没有得到过。

已立春，谷雨也过了。

过年，也许是为图个乐和，也许是中年危机的变相发泄，中国的问询隐私的七大姑八大姨九大叔十大爷，皆以关心之名，行侵犯之实。可怜之人的可恨之处，暴露无遗。

我在石门，这些年对此地也缺乏认同感，是可看作侨居的。我并不认同乡里，自然，也不认同石门。1999–2018 年，这是离开藁城县城的第十九年了。这期间，仅在 2009 年前后返回看过。那之后，更未见过旧楼旧院旧时人。在感到城市的便利时，我更不愿返归任何故乡。虽可识别乡音，但也仅止于此吧。故乡不可常回，正如人在外，要磨炼坚定的信念；又因回了乡里的种种适应与不适。

这个时代，许多人各自为战，吹响前进的号角。他们揉碎自我的欲念，踏了步子，吟唱自己内心的战歌。他们是这时代的拓路人，是不屈从命途的先驱。如堂吉诃德般，或如西绪弗斯，如盗火者，如蜡翅少年。时光的河或许淹没了很多，但还有不懈的打捞者。

2

时间碎步缓行，破碎了我的梦。我在日落西山时，写下如下句子：

北方的
灰白天空，咳嗽，和大地。
鸟也没一只，树皆秃了。
偶见汽车
在高速路上呼啸而过。
站立时，只觉轻快，
又只觉铅沉。

一年到头，虽辛苦，却也苦得值得。年三十，等待饺子下锅的时间里，看会儿书。母亲说，过年就不再多做菜了，吃饺子。我想，大家已不容易，能吃饺子，已然要心满意足。第二天是初一，之后，又是新的一年。许多时候，沉默的依旧沉默，但声音还是要有点儿，不然，他们还以为我们认了宿命。

看过书，就要写文章了。

中国人为何过年回家？除了传统习惯，是否与心灵无着、现实无依有关？因为心灵无着，顺从了传统仪轨。因为现实不安，随众便宜行事。于是，过年便现出一座座空城，也现出一个个重生烟火气的乡间家庭。但逐梦者，到底会抽离出来，到底会离开旧处。不仅是资源分配和先天的自然社会原因，也是人对生活周边的人文生态气候的自主选择。人在有了选择后，才成为自由的。

临近过年的地铁上，人们各怀心事。人们也将奔赴各自前程。我乘这班沉静的地铁，自东向西，回家安静。

午后，在拾年咖啡馆内间，读到李笠先生翻译的《特朗斯特罗姆诗歌全集》。超越我的日常经验很多的词句，带我穿梭与休憩。那是午后，冬日窗外的犬，又吠了。干裂的大树顶上，没有往年压塌树枝的积雪。感冒的我，在温暖的屋子里。水流的声音穿墙而来。

能读书是有福的。富裕且有思想的家庭的孩子，在各方面更能普遍地显出优势。之前说，北大、清华的农村学生占比渐低，或也与城市化有关。生活在自由环境的，与生活在不可避免的沮丧与抱怨中的，前者好过后者太多倍了。而能在和平年代生活，是值得珍惜的。

光泽万物，春风唤旧叶尽归泥土。
快乐的人，和一个大雪纷飞的季节。
咄咄咄，一个巨人站了起来。
他奏起萨克斯。
动物们闭眼，倾听。
宇宙的秘密，不再神秘了。
他们找到了自以为是的答案。
风车在旋转，城在移动。

我写着上述句子，想着历史的车轮，也不是总在向前的。

3

民国时期，胡适的老师杜威曾游历俄国，而其游记由徐志摩翻译，就在《新月》第二卷第1号刊发，我想胡适应读过的。胡适、徐志摩也分别去过俄国。三人彼时对苏联的评价不同。徐志摩的眼光还是准确的，他对胡适关于苏联的盲目乐观持批评态度。

雾霾严重了，工厂开工了。
石门伏霾，远方的树与灰天交融。
巨大的蒸汽时代，仿佛复苏。
机械扯足了马力，人裹在厚衣里，缓缓移动。
宙斯也酣睡了，野马从地球消失。
看到染尘的花布，期待秋天的下午。
日复一日的是人。
日复一日的是命运。

午间写下这几句，想到在历史的河流里，我也只是一粒小沙子。世俗生活，也许不适合我?

近两年，石家庄的大型书店多了起来。无论走路，坐着，还是吃饭，睡眠，听音乐，或看书和电影，这已然是一座给我强烈孤独感的城市。这孤独的血液，冰冷如流淌在上下行进的冰河，须臾可能崩塌。我不清楚这个比喻的意思，大概是说，我很想念一些人与事。还是该有耐心，我能创造什么，能写什么，画什么，能弹几首歌，能读多少本书，一年下来，能编辑多少字数?我能运动多久，保持沉默多少年，抑或，能学英语到什么程度。如此想来，复杂的比喻被拆解，简单的答案就呼之欲出。虚妄的念头，也就放下了。

世俗生活不适合我——下过这个妄断，才让我长嘘一口气。我无意追求世俗生活的些许好处，也不期待它给我什么好脸色。

我过自己的时光，走自己的路，绝交该绝交的人。有所期待，但不奢求，有所得，又惶惑——这是我的国吗？曾在豆瓣有个小站“韩松的思想国”，却不觉有何所谓思想。读书太少，思考的回路浅短，隐藏的秘密不够深。

很多时候，人所面对的不是泛泛困境，是自我的堕落与外在的残酷。有时，作为人的存在，已不存在了。这种不能被接受却不得不感受的不存在，不只是物理意义的消灭和对肉身和衣服的诋毁，还与精神意志的被否决，以及彻底的被蔑视和被攻讦有关。能想象或感觉到吗？那是被泯灭良知的众人，或包藏点滴良知的群氓，他们不得不去说着那些话，却似乎主动地行使了权力。他们不得不使出天然存在着的却一贯不表露的暴力，言语的和行动的。他们和能感觉到这层仇恨与鄙薄的我与我的朋友，有着纯然的类的区别。但，正是他们的暴力，是他们的冷血，是他们的——和我们的自私、贪婪、卑鄙、苟且、沉默……这些，说同构，说耦合，说得很多。看不清的复杂和看得清的纯粹，纠缠在一起。

即使上帝，佛祖，诸多教主，我认为，他们不是来降伏人。而是，要帮助人。不自卑，不自大，彼此平等，彼此尊重。年前，曾见到“麦琪的礼物”发布了一份华西圣约人文学院要筹建的文章。又，前不久，友人珈阁赠我一册自印本《你好，伊斯兰》。还曾读过基督伊斯兰同源说，等等。世界上有很多宗教。《宗教经验种种》值得一读。施一公先生说，未知的那么多！在书店找万维钢先生的书，未果。

人的意义的彰显，不见得在于这意义被表述被定义成什么，而可能在于，人依内心的良心做了什么。许多人的生活，也许并不像我眼见那般。

4

那些年，爷爷在石家庄做交警。

我是近日才知道清楚的。

旧忆有棋，有柴火，有土灶。

今天傍晚的空气很好，远见西山。

道路两旁的灯，亮了起来。

此路一片红，彼路一片白。

夏天，似乎就在不远处。

一首诗说，夏季，摘玫瑰给你。

你可既不大声，也不小声地告诉她。

你爱她。

火车窗外的楼灯，闪烁不定。年前在夜幕下的北京西站，我用手机，成功完成 G567 车次到 G625 车次的变更，返归石门。记得到北京的清早，花家地单向空间，谁也没有遇见，只想读书。傍晚，谈起蓝羊咖啡旁的前流书店，这让友人想起有价值的往事，而我也是突发奇想去了这里。在前流，巧合地见到我参与责编的书的作者的另一本旧作。下午两点，著名的万圣书园有讲座，人多，我没进里面逛。又见朋友圈里，诗人严彬发文，言其已不再任凤凰读书主编了。他做回诗人了。我看到的他的样子，温暖又无害，我读他编的书。

人事纷纭。

每个城里，每处乡间，万物生灭的奥秘，是什么呢？我不知道，但自称掌握真理者，都值得怀疑。

2017年，说轰轰烈烈吧？其实是悄没声息地过去了。我很怀念它。

我乘了公交，往西城寻找，寻找什么呢？也许，是丢失的记忆。路途颠簸，好在，有丁可的舒缓镇定的音乐。路过石门公安局旁的一个公园，想起已撤走的中和书屋的店主李兄。彼时是个夏天吧，第一次见他就在这里。那时他向我透露要走了，而我对石门独立书店的探索才刚刚开始。

2018.02.20 初稿

2018.02.28 定稿

拾年咖啡馆

很早以前，拾年店主让我写一写拾年咖啡。应承下来，却迟迟未动笔。我的本意在于，这篇文字虽冠以拾年咖啡的名头，却是在记录一些人与事，记录一个咖啡馆所营造的公共空间，以及在这个空间里发生的喜怒哀乐，人世浮沉。

就在昨夜，我还去了拾年咖啡。现在想想，21 世纪的头十年，酝酿了很多有理想的人和风行的概念，比如背包客、骑行西藏，比如间隔年、青年旅店，或许这些词的诞生还要早，早到超越了 1980 年代生人的记忆。而这一切，在拾年咖啡里都曾有过，那些山南海北的顾客，那些雨天、晴天、大雪天都来这里坐下，点一杯咖啡，或喝一杯热茶虚度时光的人，各自有各自的故事。我的叙述，仅是一个侧面。

店主有段时间是常常到酒馆喝酒，我还和他去过一次精酿啤酒酒吧。后来，他去了北京，在不同的咖啡店打工，于是，他的过往似也被更多的人知晓。

我去北京的次数不算少，一年中总有几次。有一次，我忘了是去做什么，打了车，专程奔赴店主工作的咖啡茶座，那是一个宾馆的一楼，有几个座位，开放式的咖啡操作间。店主显得麻利、勤快，擦座椅板凳，会擦到桌角和板凳腿，这是他在拾年时，我很少见到的场面。

2015 年前后，我常常一个人来拾年咖啡。

时光在人心煎熬时，往往变得漫长，一个下午，就像一年那么悠远。

2014 年，坐在吧台里说：“你该去见一见陈超老师。”彼时，等闲书店还没关张，中和书屋还没清仓，石门地下丝绒还有空中花园店。这才几年，新媒体变得发达的时候，陈超老师已在天国寻他的诗句，而这座城市的文化氛围，已悄然变了模样。

以我观察，在新石南路这里，来拾年咖啡的客人中，大学生居多，这也与其选址有关。西南高教区，有不少爱轻松悠闲生活，且有余裕的学子，来这里初尝现磨咖啡的芬芳。有的会画画，有的会弹吉他。拾年咖啡的墙壁上，有不少旅行者寄来的明信片，明信片上写着祝福的话语。

店主亦是“80 后”，却被称“大叔”。我并不知其是否在听得此称呼时心意茫然，却常见他笑得开朗，笑得憨厚，在这憨厚的笑背后，那眼睛闪过一丝狡黠。那是心智完整的表征，是现实压力下的自由心态。

今年，萧萧树出版新书《何日是归期》之后，他通过我向萧萧树购得一册签名本，却没有钤印，盖因彼时萧萧树的印章还未刻就。拾年店主喜欢结交这些人，在不忙的时候，他俩陪孩子玩耍，却从未见打骂和高声训斥她，这样的父母，本身也是温和的。

何为一家独立咖啡馆的本质，何为独立咖啡馆的本质生活呢？不宜有的元素，想必大家都明白，还须知，这样的咖啡馆，要司文化公共空间之职，要知人情冷暖，要有文艺生活的气象。

拾年咖啡馆，正是一家独立咖啡馆，这在石家庄是不多见的。这是一家有故事的店，他们的故事刚刚上演，你我或可为此贡献一行诗句。